Transformer

Kim Walter

Bibliographische Information der Deutschen Nationalbibliothek.

Die Deutsche Nationalbibliothek verzeichnet die Publikation in der Deutschen National-biographie; detaillierte bibliografische Daten sind im Internet über http.//dnb.de abrufbar.

TWENTYSIX – Der Self-Publishing-Verlag

Eine Kooperation zwischen der Verlags-gruppe Random House und BoD – Books on Demand

© 2020Kim Walter

Herstellung und Verlag,

BoD – Books on Demand, Norderstedt

ISBN: 978-3-740762254

Inhaltsverzeichnis

Kapitel

1	Bastet erfüllt einen großen Wunsch	13
2	Die erste Nacht auf dem Turmberg	18
3	Die Nachbarschaft	20
4	Humor und Zorn in der Umgebung	22
5	Die Katzenklappe	25
6	Im Zoo	27
7	Vorbereitung für den Spanienurlaub	30
8	Die Fahrt in den Urlaub	32
9	Der erste Nachtausflug im Urlaub	34
10	Chorizos bei Rosita	37
11	Aufregung im „Els Pins Resort"	40
12	Die Wohnungsbesichtigung	43
13	Eingesperrt im Kellerverlies	46
14	Bei der Guardia Civil	49
15	Das Treffen mit dem russischen Waldkater	51
16	Die Einladung von Wladimir	53
17	Ein rauschendes Fest in Barcelonas Hafen	55
18	Die Rückfahrt	57

19	Eine gefährliche Frage	59
20	Die Einladung nach La Rochelle	61
21	Der Besuch in La Rochelle	63
22	Schreck am Morgen	68
23	Die Rückfahrt	71
24	Zuhause	74
25	Neue Kontakte	76
26	Der Cats Club	78
27	Relativität	81
28	Eine Überraschung	83
29	Aufregung beim Cats Club	85
30	Elios Bar	87
31	Witzig, witzig!	91
32	Der Besuch kommt an	93
33	Ein schöner Abend	95
34	Verdammt!	98
35	Wladimir beim Cats Club	100
36	Einladung an Schwarze Meer	104
37	Die Reise nach Sotschi	108
38	Auf der Halbinsel Krim	111
39	In der Militärkaserne in Sewastopol	113

40	Besuch aus Sewastopol	117
41	Finnischer Flammlachs	120
42	Im Nationalpark	124
43	Die Suche nach Wladimir	127
44	Der letzte Urlaubstag in Sotschi	131
45	Wieder Zuhause!	133
46	Unverhofft kommt oft!	137
47	Zurück zum Anfang	140

Akteure

Tamara und Tom	Hauptpersonen
Rosita	Katzenfreundin von der spanischen Strandbar „El Sol"
Señor Mendez	Kommissar bei der Guradia Civil
Señora Gomez	Vermieterin der Appartementwohnung
Señor Gonzales	Makler der Eigentumswohnung
Señor Ruiz	Verkäufer der Eigentumswohnung
Wladimir	Russischer Waldkater, dessen Freund Pjotr Kontakte zur OMON hat
Pjotr	Geschäftsmann, der eine Yacht im Hafen von Barcelona liegen hat, eine Villa in La Rochelle in Frankreich direkt am Atlantik und eine Datscha in Sotschi am Schwarzen Meer
Max	Kater und bester Angler der Welt
Beaubu	Kater, Freund von Tamara und Tom und Vorsitzender des Cats Club
Ralf	Siamkater und bester Mäusejäger
Schnucki	Raufbold und Hundeängstiger

Sokrates	Philosoph und Ratgeber
Casanova	Freund der Kätzinnenwelt und großer Charmeur
Katharina Petrowska	Hotelfachfrau aus St. Petersburg. Sie wird ermordet.
Anna Aksenov	Hotelangestellte aus Moskau, arbeitet in Elios Bar (Excellent Hotel). Sie wird ebenfalls ermordet.
General Sergej	Chef der OMON
Pawlow, Wolkow	Bosse von Ruiz und Gonzales
Beljajew, Komorow	Spitzname Blondie, Spitzname Stechmücke, Bosse für Wirtschaftskriminalität

Vorwort

Die meisten Menschen lieben das Reisen. Doch die wenigsten können 365 Tage Urlaub machen.

Das Lesen eines Buches ähnelt einem Traum. Man erlebt alles mit: die Freuden und die Leiden. Das Buch hat dem Traum gegenüber einen großen Vorteil: Wird es zu aufregend, weil man verfolgt, bedroht oder angegriffen wird, kann man das Buch zuschlagen. Aus dem Traum kommt man erst heraus, wenn man aufwacht. Deshalb kann es nachts sehr aufregend oder sehr schön werden. Schlafforscher erklären die Träume als Folge von stressigen Erlebnissen Tage, Wochen oder Jahre zuvor, oder als Strafe für zu schweres Essen.

Mit dem Lesen dieses Buches begibt man sich auf Reisen und in faszinierende Abenteuer! Man lernt fremde Kulturen, Länder und interessante Bauwerke kennen. „Man lebt nicht nur zweimal" wie der berühmte James Bond, der in Hongkong seinen Tod vortäuschte, sondern Tamara und Tom leben einmal tags als Menschen und das zweite Mal nachts als Katzen.

Begleiten Sie die Menschen und Katzen auf ihrer Reise nach Spanien, Frankreich und Russland. Lernen sie die Geheimnisse der Halbinsel Krim kennen, die wunderbare Umgebung von Sotschi und den vielen anderen Städten, die sie besuchen.

Doch lesen Sie selbst, Sie werden es nicht bereuen.

Kapitel 1

Bastet erfüllt einen großen Wunsch!

Tamara und Tom wachten gleichzeitig auf. Sie fühlten sich, als hätten sie jahrelang geschlafen. Sie rieben ihre Augen und standen auf.

„Wo sind wir?" fragte Tamara. Tom nahm ihre kleine Hand in seine, und sie gingen einige Schritte. Vor ihnen stand ein Schreibtisch, hinter dem ein Mann saß.

Er sagte: „Vor euch seht ihr zwei Türen, wählt ihr die rechte, bleibt ihr in der universellen Welt, nehmt ihr die linke Tür, werdet ihr wiedergeboren. Ihr dürft wählen, ob ihr als Mensch oder Tier wiedergeboren werden wollt. Ihr dürft euch auch einen Berater für diese Entscheidung aussuchen."

Die Zwei schauten sich lange an und schließlich sagte Tamara zu Tom: „Wir sollten Bastet als Beraterin wählen!" Er fragte: „Wie kommst du auf die Göttin der Katzen?"

Sie erwiderte: „Katzen waren stets unsere Freunde und Berater. Wir haben viele Abenteuer mit ihnen erlebt, und sie haben uns aus unzähligen gefährlichen Situationen gerettet. Ihre Göttin wäre die beste Beraterin für diese schwierige Entscheidung!"

Der Türenverwalter ließ Bastet kommen. Sie sagte: „Noch nie haben Menschen nach meiner Hilfe verlangt. Ich berate üblicherweise nur die Felidae aller Rassen."

Tamara sagte: „Wir haben nach dir verlangt, weil wir im früheren Leben stets mit Katzen zusammen waren. Sie waren immer unsere Freunde."

Bastet erwiderte: „Das weiß ich, mir wurde von einigen meiner Kinder davon berichtet."

Tamara sagte: „Wir würden gerne wiedergeboren werden, aber als Mensch und als Katze gleichzeitig."

Bastet sagte: „Ein ungewöhnlicher Wunsch, aber durchaus reizvoll. Fast schade, dass ich nicht auf diese geniale Idee kam, als ich meine Lebenszyklen noch nicht vollendet hatte. Es wäre sicher ein erstaunliches Experiment. Da mich dieses Projekt persönlich sehr interessiert, werde ich euch diesen Wunsch gewähren. Ihr werdet als Menschen wiedergeboren werden, aber sobald die dunkelste Stunde der Nacht erreicht ist, könnt ihr euch in Katzen verwandeln und die Nacht zum Tag machen. Doch sobald der Morgen graut, und bevor das erste Morgenrot am Himmel leuchtet, müsst ihr wieder in einem geschlossenen Raum sein, um euch in Menschen zurückverwandeln. Ihr dürft niemals jemandem davon erzählen und niemand darf bei dieser Transformation dabei sein. Dies würde euren Tod bedeuten. Denkt immer daran!"

Sie bedankten sich innig bei Bastet für diese Gnade und gingen durch die linke Tür…

Tamara und Tom wachten wie immer gegen acht Uhr im Schlafzimmer ihres Hauses auf. Die Sonne stand am Himmel. Ein milder Frühlingstag erwartete sie. Wie gewöhnlich ging Tamara als erste ins Badezimmer. Tom folgte kurz darauf. Beide gingen die alte Holztreppe hinunter und bereiteten das Frühstück vor. Ein bunter Fruchtsalat, Tee, Joghurt und danach drei Espressi. Das sollte reichen um für die geplante Gartenarbeit genügend Kraft zu haben.

Die Arbeit ging schneller von der Hand als erwartet und die hohen Pampasgräser waren bald zersägt und in fünf riesigen Eimern verstaut. Jetzt noch ins Auto damit und auf die Grünmülldeponie. Danach wäre noch Zeit für einen Restaurantbesuch und einen großen Spaziergang.

Am Abend gab es ein kleines Vesper und im Fernsehen einen erstaunlich guten Thriller mit dem Titel: „London is fallen."

Es war 23.45 Uhr, als sie sich zum Schlafen ins Bett legten. Vor dem Fernseher waren beide ziemlich müde gewesen und hatten oft gegähnt, doch jetzt waren sie erstaunlich wach.

Tamara erzählte gerade von dem Kater, der sie heute besucht hatte. Beide hatten viel Spaß dabei gehabt mit den Pampaswedeln zu spielen. Plötzlich passierte etwas mit den Körpern von Tamara und Tom. Sie schrumpften zusammen, ein Fell wuchs und aus Händen und Füßen wurden Pfoten. Sie schauten sich an und konnten es nicht glauben. „Miau, miau!" schrie Tamara, jetzt Katze, ängstlich. Tom kam als Kater zu ihr, gab ihr einen Nasenkuss und schnurrte.

„Erinnerst du dich nicht an das Geschenk der Bastet?" fragte er. „Bis zum Morgengrauen können wir Katzen sein und ein ganz anderes Leben als Menschen führen. Lass uns hinausgehen in die Nacht. Das Abenteuer ruft.

Vorsorglich hatten sie am Abend schon die Kellertüre aufgeschlossen und angelehnt, so dass sie diese als Katzen mit der Pfote leicht öffnen konnten.

Sie zwängten sich durch den Spalt und drückten die Türe wieder an, dass keine Maus in den Keller gelangen konnte. Sie schlichen die Treppe hoch und blickten sich um. Alles war anders. Als Menschen hatten sie die Umgebung ihres Hauses in anderer Erinnerung. Jetzt sahen sie durch die „Restlichtverstärker" in ihren Augen jede Kleinigkeit. Sie hörten auch viel mehr. Tom sagte: „Ich höre unter dem alten Apfelbaum zwei Mäuse trippeln. Sollen wir sie fangen?"

Tamara antwortete: „Ich habe keinen Appetit auf Mäuse, sondern auf Abenteuer. Lass uns in den nahen Wald gehen."

Kapitel 2

Die erste Nacht auf dem Turmberg

Als sie im Wald waren, sagte Tom zu ihr: „Tamara, heute ist unsere erste Nacht als Katzen, da machen wir etwas ganz Besonderes. Wir haben jetzt sechs Stunden Zeit, in der wir das Leben mit den Augen von Katzen sehen können. Ich möchte dir etwas ganz Besonderes bieten. Wenn du dich stark genug fühlst, wandern wir auf den höchsten Berg, und ich lege dir die Stadt zu Füßen." Sie antwortete: „Das traue ich mir zu." Sie marschierten durch den morastigen Wald, dann über Weideflächen und Felder und erklommen den Turmberg. Als sie ganz oben waren, bewegten sie sich Richtung der neu gebauten Terrasse. Tom sagte: „Wir legen uns nicht auf diese Betonstufen, wir steigen auf diesen wunderbaren alten Eichenbaum, so können wir die Menschen unter uns lassen. Ich zeige dir eine ganz besondere Aussicht." Sie antwortete: „Ja, mein Schatz, das machen wir." Als sie fast ganz oben waren, fand er eine Stelle, die beiden nebeneinander Platz bot. Sie war wie ein kleines Nest. Sie blickten über die Lichter der Stadt. Es war ein faszinierender Anblick von hier oben. Sie schmusten miteinander. Später sagte Tom zu Tamara: „Mein Schatz, der Rückweg ist lang. Da wir ja erst kurz zu den Samtpfoten gehören, bin ich mir bei der Streckenfindung noch unsicher. Wir sollten etwas mehr Zeit für den Rückweg vorsehen. Lass uns nach Hause wandern." Sie kletterten vorsichtig den Baum hinunter. Dann ging es den Berg hinab und durch den geheimnisvollen Wald, in dem sie von mehreren Wildschweinen, Igeln und anderen Tieren erschreckt wurden. Sie begaben sich wieder Richtung ihres Hauses, wo sie, um ins Haus zu gelangen, die versteckte Kellertüre offen gelassen hatten. Es waren nur wenige Minuten, nachdem sie im Haus waren, als sich in ihren Köpfen ein riesiges Gewitter abspielte. Sie dachten, der Blitz hätte in ihren Körper eingeschlagen. Aber es geschah etwas ganz anderes. Sie verwandelten sich zurück. Die Pfoten veränderten sich, das Fell verschwand, sie wurden größer. Sie wurden wieder Menschen. Diese Verwandlung kostete sehr viel Kraft. Tom sagte zu Tamara: „Lass uns ins Bett gehen. Wir haben viel erlebt, das müssen wir erst verkraften." Beide schlichen müde die Treppe hoch. An diesem Morgen schliefen sie von sechs bis zwölf Uhr mittags. Ohne Träume, ohne aufzuwachen, total ermattet.

Kapitel 3

Die Nachbarschaft

Zwölf Mal schlug die nahe Kirchturmuhr. Da sprangen sie aus dem Bett. Fix ging es unter die Dusche und zum Zähneputzen. Ein Frühstück folgte. Sie unterhielten sich über die vergangene Nacht. Hatten sie das wirklich erlebt oder nur den gleichen Traum gehabt? „Lass uns für jede kommende Nacht einen Plan machen, was wir erleben wollen", schlug Tom vor. Tamara antwortete: „Eine wirklich tolle Idee! Lass uns die Häuser im Ort erkunden. Wir schleichen uns vor die Fenster und Terrassen und schauen, was die lieben Nachbarn um Mitternacht treiben. Das könnte lustig werden." Tom gab ihr recht und ungeduldig warteten sie auf Mitternacht und die Verwandlung. Zwölf Mal schlug die Kirchturmuhr. Zwei Katzen schauten sich zärtlich an. Wieder verschwanden sie durch die Kellertüre.

Sie schlichen zu den nächsten Gärten. Da sahen sie, dass in einem Haus im Wohnzimmer noch ein spärliches Licht glimmte. Sie kletterten die Terrasse hoch und spähten hinein. Ein zwergwüchsiger Mann besprang eine dralle Blondine. Er hechelte wie ein Pinscher. Tamara und Tom grinsten sich an. Tom sagte: „Das geht ja gut los. Katzenkino par excellence, und das gleich am

Anfang des Ausflugs." Tom fragte Tamara: „Beherrschst du die hohen Oktaven?" Sie antwortete: „Sehr hoch und sehr laut." Er sagte: „Versuchen wir es!" Sie stimmten ein infernales Geheule an. Das Paar erschrak so sehr, dass sie ihre Sportübungen einstellten.

Schnell sprangen Tamara und Tom zum nächsten Grundstück über einen Gartenzaun. Hier war alles dunkel. Wahrscheinlich lag das Paar im Bett und schnarchte.

Weiter ging der Ausflug. Ein Mann stand einsam auf dem Balkon und rauchte. Es folgten einige Schlafhäuser und danach standen sie vor einem hell erleuchteten Wohnzimmer, in dem sich die Eheleute anbrüllten. Der Mann ohrfeigte seine Frau. Diese, nicht faul, ergriff einen Essteller vom Wohnzimmertisch und schlug ihm dem Mann über den Schädel. Blut lief über seine Wangen. Es lief ihm in die Augen, und er sah nichts mehr. Er fluchte wie ein Berserker. Die Frau bekam Angst und flüchtete aus dem Haus über die Terrassentüre. Fast wäre sie über Tom und Tamara gestolpert, die schleunigst davonrannten. Sie sprangen über mehrere niedrige Zäune, als wäre der Teufel hinter ihnen her. Endlich waren sie wieder bei ihrem Haus. Sie rannten die Kellertreppe hinunter und waren in Sicherheit. Heute hatten sie noch drei Stunden, bis die Transformation wieder einsetzte.

Kapitel 4

Humor und Zorn in der Umgebung

Für die dritte abenteuerliche Nacht hatten sich Tom und Tamara vorgenommen einige entfernter gelegene Straßenzüge zu erkunden.

Sie kamen zu einem Mehrgenerationenhaus, in dem noch kräftig gefeiert wurde. Die 70-jährige Großmutter hatte Geburtstag und einige Gäste und Familienangehörige saßen zusammen und ließen die Gläser klirren. Großmutter hatte wohl ein Glas Sekt zu viel getrunken, denn sie sagte zu ihrem Gegenüber: „Prost Schatz, auf das nächste Lebensjahr!" Der angesprochene ältere Herr zwinkerte ihr verschmitzt zu und erhob sein Glas prostend. Als die Mutter und die Enkelin in die Küche kamen, sagte das Mädchen zu seiner Mutter: „Als ich vorhin leere Flaschen herausbrachte, stand Oma mit ihrem neuen Schwarm in der Küche, und sie küssten sich!" Die Mutter glaubte sich verhört zu haben und meinte: „Hast du das wirklich richtig gesehen. Hier ist es ziemlich dunkel!" „Aber selbstverständlich!" Die Mutter meinte: „Wenn ich nachher mit Oma mal alleine bin, werde ich sie fragen."

Nach ein paar Minuten holten Großmutter und Mutter für die Gäste noch Kuchen und Kaffee, und die Mutter ergriff die Gelegenheit: „Oma, hast du vorhin deinen Freund in der Küche geküsst?" Geradewegs heraus antwortete sie: „Ja, das habe ich. Otto ist ein toller Hecht!" Die Mutter hörte das nicht so gerne und meinte: „Kann so ein alter Mann überhaupt noch Sex machen?"

Großmutters Antwort ließ die Mutter verstummen, und die Enkelin bekam einen Lachanfall, denn Oma sagte ohne zu erröten: „Und wie der kann!"

Lachend und guter Laune ging die Großmutter zu ihren Gästen zurück und ließ sich die Laune nicht verderben. Tom sagte zu Tamara: „Wer ist verklemmt, die Älteren oder die Jüngeren. Auch das Alter hat noch reizvolle Zeiten."

„Das finde ich auch" antwortete Tamara und schaute Tom sehr tief in die Augen.

Weiter ging die Erkundungstour zum nächsten beleuchteten Haus. Dort wurden sie von einem jüngeren Paar empfangen, das streitend im fast dunklen Garten saß. Der Mann musste sehr gute Augen haben, denn er sah die Katzen anschleichen. Wie der Blitz sprang er auf, ergriff einen in der Nähe stehenden Wassereimer und schleuderte ihnen den Inhalt entgegen. Auf der Stelle drehten sie ab und hechteten davon. Sie sprangen in mehrere Nachbargärten. „Nur weg von diesem Wüterich", war ihr gemeinsamer Gedanke. Doch es kam noch schlimmer. Plötzlich stand ein riesiger Rottweiler mit glimmenden Augen vor ihnen. „Wuff, wuff", bellte er böse und aggressiv. Das Gelände wurde von einem 1,80 Meter hohen Maschendrahtzaun begrenzt. Er war ihre einzige Gelegenheit dem Vieh zu entkommen. Wie die Eidechsen kletterten sie Pfote um Pfote höher und höher. Oben balancierten sie kurz im Gleichgewicht und sprangen auf der anderen Seite wieder hinab. Das konnte der Rottweiler nicht und aus dem Stand kam er auch nicht über den Zaun. So drehten sich Tom und Tamara noch einmal um. Sie machten dem Rottweiler eine lange Nase. „Träum was Schreckliches, dummer Hund", setzte Tamara noch eins darauf, dann machten sie sich auf den Heimweg.

Kapitel 5

Die Katzenklappe

Eine neue Routine begann mit dem Aufwachen meist zwischen 9 und 12 Uhr mittags. Es folgte die Morgentoilette und das Frühstück. Tom sagte zu Tamara: „Wir sollten für „unsere Freunde der Nacht" eine Katzenklappe einbauen, damit sie bei Notlagen gleich im sicheren Zuhause sind. Außerdem ist es gefährlich, die Kellertüre die ganze Nacht aufzulassen. Zurzeit sind nachts Einbrecher in unserem Stadtteil unterwegs." „Wo kann man eine Katzenklappe kaufen?" fragte Tamara. „Wir rufen zuerst in einem Handwerkermarkt an, und sollte dieser so etwas nicht haben, in einem Tierbedarfsgeschäft. „Alles für die Katz'" hatte schließlich Katzenklappen in allen Größen und Ausführungen. Sie wählten das Luxusmodell in Edelstahl mit verschließbarer Klappe. Tom brauchte den gesamten Nachmittag bis das Modell passgenau saß. Eine Stunde übten sie, die Klappe zu öffnen und schließen, bis sie ganz leicht auf und zuging. Auch das Verriegeln übten sie. Es war ein einfaches Prinzip, das auch eine Katze gleich verstand: Ein Riegel musste von oben nach unten bewegt werden. Tamara fragte Tom zögerlich: „Wir haben die Katzenklappe jetzt als Menschen kennengelernt. Aber können wir sie auch als Katzen bedienen?"

Tom antwortete im Ton der Überzeugung: „Aber natürlich! Wir haben von Bastet die Gabe erhalten das Denken von Menschen und Katzen gleichzeitig zu beherrschen. Nur die speziellen menschen- oder katzentypischen körperlichen Fähigkeiten verschwinden in der anderen Gestalt. So können wir als Menschen nicht so gut hören und riechen wie Katzen. Wir können auch nicht zwei Meter in die Luft springen oder den Stamm eines Baumes hinaufrennen, geschweige denn aus großen Höhen herunterfallen und sich nichts brechen."

„Was können im Endeffekt die Menschen besser?" fragte Tamara.

Tom dachte lange nach: „Vielleicht die Zukunft planen, logisch denken und lügen! Auf jeden Fall ist uns Menschen die Katzenklappe gut gelungen. Unser Haus ist sicherer geworden. Falls wir bei unseren nächtlichen Ausflügen von einem Hund verfolgt werden, heißt es einfach: Klappe zu!"   Den restlichen Abend diskutierten sie darüber, was sie unternehmen könnten. Es sollte etwas Abenteuerliches sein. Tamara sagte zu Tom: „Nachts ist es verboten in den Zoo einzusteigen. Würde dich dies reizen? Wir könnten ein paar Tiere und falls vorhanden, auch die Wärter erschrecken."

Kapitel 6

Im Zoo

Der Klang des 12. Glockenschlags vibrierte durch die dunkle kalte Luft, als zwei Gestalten das Haus durch die Katzenklappe verließen. Der Marsch dauerte zirka eine halbe Stunde. Sie standen vor einem vergitterten Tor. Der Abstand der Stäbe war ideal. Sie brauchten noch nicht einmal den Bauch einziehen um durchzukommen. Sie liefen als erstes zu den Dingos, den australischen Windhunden. Die gesamte Meute lag schnarchend auf dem Boden. In einer Ecke stand ein halbvoller Futtertopf. „Sieht nicht schlecht aus", sagte Tamara zu Tom, „sollen wir mal daran schnuppern, ob es ein kleiner Mitternachtssnack für uns wäre? „Gute Idee!" meinte Tom.

„Zack", in einer Sekunde waren sie auf die trennende Brüstung gesprungen und lautlos im Innern auf dem Boden gelandet. Sie schlichen auf ihren Samtpfoten zum Napf. Das Essen fand ihre Zustimmung. Abwechselnd fraßen sie den Inhalt leer. Dann gingen sie zu der Stelle zurück, wo sie hereingesprungen waren. Mit einem grazilen Sprung waren sie oben. „Nun bringen wir noch etwas Leben in die Bude", meinte Tamara, „lass uns ganz laut miauen."

Die Dingos schreckten aus dem Schlaf auf, einige sprangen vor Angst in die Luft und rannten in die entfernteste Ecke, wo sie sich aneinanderdrängten und ein infernalisches Heulkonzert anstimmten. In der Nähe gingen in einem kleinen Haus, in dem der Nachtwächter und der Zooarzt wohnten, die Lichter an. Zwei Personen rannten zu den Dingos. Doch Tom und Tamara waren schon längst durch die Büsche verschwunden und näherten sich den Volieren, wo sie auch den Vögeln einen Streich spielen wollten.

Als sie an den vergitterten Volieren hochgeklettert waren, wachten einige der Papageien auf. Auch sie zeigten ihre Angst durch ein mörderisches Gekrächze, das durch den fast menschenleeren Zoo schrillte.

„Ein Streich passt zeitlich noch", sagte Tom, „dann müssen wir uns auf den Rückweg machen. Wo möchtest du noch hin?"

„Ich wollte schon immer mal auf einem Pony reiten", meinte Tamara.

Das Gelände der Ponys war Richtung des zweiten Ausgangs und somit wurde der Heimweg etwas kürzer.

Die Ponys lagen schlafend auf dem Boden, nur zwei standen auf ihren Beinen, doch auch sie waren in einem leichten Dämmerschlaf. Sie waren wohl für die Bewachung der Herde abgestellt. Mit einem flotten kraftvollen Sprung stand Tamara auf einem schwarzen Shetlandpony und Tom auf einem braunen Haflinger mit blonder Mähne und Schweif. Durch das plötzliche Gewicht auf ihrem Rücken, erschraken die zwei Tiere und jagten in einem wilden Galopp über das Gelände. Die schlafenden Ponys wachten auf, sprangen auf die Beine und jagten hinterher. Die Szene erinnerte an eine Stampede in Pamplona. Tom und Tamara konnten sich durch ihr ausgeprägtes Balanciergefühl auf dem Rücken der Pferde halten. Als die Zwei endlich wieder still standen, sprangen die beiden ab und machten sich auf den Heimweg.

Diesmal fielen sie, nachdem sie sich in Menschen zurückverwandelt hatten, noch müder als an den Vortagen wie schlappe Säcke ins Bett.

Kapitel 7

Vorbereitung für den Spanienurlaub

Nachdem Tom und Tamara noch etliche abenteuerliche Ausflüge als Katzen in der Nacht unternommen hatten, wurden sie immer sicherer und mutiger. Tamara hasste das kühle und nasse Wetter, das zurzeit herrschte. „Jetzt haben wir fast schon das halbe Jahr herum und die warmen Tage kann man an einer Hand abzählen." Tom erwiderte: „Vom 4. – 20. Juni herrscht die sogenannte Schaftskälte. Die Kälte müsste bald vorbei sein. Aber ich habe eine grandiose Idee. Freunde von uns sind zur Zeit in Nordspanien in Urlaub. Sie haben Fotos geschickt. Dort ist ein ganz herrliches Wetter. Sonne pur! Lass uns auch nach Spanien fahren!"

Tamara schaute Tom fragend an: „Traust du dir unsere nächtlichen Aktivitäten auch in einem fremden Land zu?"

Tom antwortete: „Wir sind doch schon Profis! Wir sollten nur um Mitternacht und vor der Morgendämmerung in unserem Appartement sein, sonst könnte sein, dass die entgegenfahrenden Autofahrer im Graben landen, wenn sie sehen, dass ein Kater hinter dem Steuer sitzt. Für dich, liebe Tamara, wäre es ebenfalls sehr unbequem, denn du müsstest im Fußraum sitzen und Gas und

Bremse bedienen, da meine Beine nicht so lang sind wie die eines Menschen."

Tamara strahlte über das ganze Gesicht: „Das machen wir. Ich freue mich so sehr aufs Meer. Endlich wieder im Salzwasser schwimmen! Ich hole unsere Koffer vom Speicher. Morgen früh um sechs Uhr, wenn wir wieder Menschen sind, fahren wir gleich los. Wir packen die Koffer, und stellen das Gepäck ins Auto. So sind wir gleich startbereit und kommen hoffentlich staufrei zu unserem schönen Appartement direkt am Meer."

Gesagt, getan! Bis zum Abendessen war alles erledigt. Rennrudi, ihr Hengst von einem Auto, stand vollgetankt und bepackt in seinem „Stall" und freute sich auf seinen Auslauf am nächsten Morgen.

Tom sagte: „Heute Nacht sollten die zwei Katzen die Nacht im Bett verbringen, dass zwei ausgeruhte Menschen ihre Urlaubsreise, eine Fahrt von 1200 Kilometer, gut hinter sich bringen."

Tamara stimmte zu: „Gute Idee! In Spanien können wir genügend aufregende Nachtausflüge unternehmen!"

Kapitel 8

Die Fahrt in den Urlaub

Pünktlich klingelte die „innere Uhr" von Tom um sechs Uhr am Morgen. Er brauchte keinen Wecker zu stellen. Er weckte Tamara mit einem Kuss. Sie schlug verwundert die Augen auf: „Ist die Nacht schon vorüber?" „Ja, mein Schatz, wir wollten doch sehr früh losfahren. Ich mache uns jetzt noch zwei Cappuccino. Willst du etwas frühstücken?" fragte Tom. „Nein", antwortete Tamara. „Ich habe uns einige Frühstücksbrötchen mit Schinken, Salami, Gurken, Tomaten und Paprika gerichtet. Sie sind in der Kühltasche, und wir machen nach Sonnenaufgang sicherlich eine kleine Pause, wenn wir aus dem Jura heraus sind." „Gute Idee", erwiderte Tom, „darauf freue ich mich jetzt schon!"

Der erste Autobahnabschnitt erfolgte auf der A5, die selbst zu dieser frühen Stunde schon gut besucht war. Es fielen die vielen Sprinter mit polnischen und rumänischen Kennzeichen auf. Was diese wohl an- oder ablieferten? Die Grenze wurde kurz nach Freiburg bei Mulhouse überschritten, und weiter ging es auf der französischen Autobahn durch den schönen Jura.

In Cologny, einem kleinen Ort, 25 Kilometer vor Bourg-en-Bresse, verließen sie die Autobahn, um ein kleines Bistro zu besuchen, das sie vor 20 Jahren entdeckt hatten. Es war glücklicherweise immer noch alles beim Alten: ein Salon aus dem 19. Jahrhundert mit antiquarischen Möbeln und einem grandiosen Cappuccino. Inzwischen hatte der Neffe das Lokal übernommen, da sein Onkel verstorben war. Der junge freundliche Franzose hatte den Charme dieses Hauses erhalten. Ein Besuch dort war die erste Urlaubswürze und eine kleine Zeitreise. Zu schnell ging die Fahrt weiter. 700 Kilometer waren noch zu fahren. Doch bei fetziger Musik, Brötchen und Cola war dies für Tom, dem Mann mit Benzin im Blut, ein Klacks.

Nach 1.040 Kilometer und acht Stunden Fahrt überquerten sie die französisch-spanische Grenze bei La Jonquera und nach einer weiteren Stunde waren sie am Ziel.

Kapitel 9

Der erste Nachtausflug im Urlaub

Das Haus mit den Appartementwohnungen begrüßte sie in strahlendem Weiß. Das Meeresrauschen ließ ihr Herz höher schlagen. Die Luft flimmerte in der Hitze der Sonnenstrahlen. Die Vermieterin, Señora Gomez, kam ihnen entgegen und begrüßte sie aufs Herzlichste. Nach einer fröhlichen Unterhaltung überreichte sie den Schlüssel, und sie fuhren mit dem Aufzug samt Gepäck hoch. Der herrliche große Balkon, auf dem sie die Morgenstunden beim Frühstück und öfters auch die Abendstunden zu verbringen dachten, lockte sie sogleich ins Freie. Als sie das Wohnzimmer betraten, verblüffte sie ein spanischer Rotwein und eine gut gefüllte Obstschale, welche Señora Gomez gerichtet hatte.

Sogleich verstauten sie die unterwegs getätigten Einkäufe im Kühlschrank und füllten die Schränke mit den mitgebrachten Kleidungsstücken. Danach setzten sie sich auf den Balkon, schauten über die Meeresbucht zu den zwei nächsten Orten und prüften, ob es bauliche Veränderungen seit ihrem letzten Besuch gegeben hatte. Alles schien beim Alten. Sie prosteten auf den Fahrer und sein Fahrzeug. Das Rauschen der Wellen, die lange Fahrt und der Rotwein machten sie müde. Ein kurzes Nickerchen sollte sie erfrischen.

Als Tom und Tamara wieder aufwachten, hörten sie eine Kirchturmuhr zwölf Mal läuten. In Windeseile verwandelten sie sich in Katzen. So schnell war dies noch nie geschehen. War das spanische Wetter der Grund? Das kam ihnen wirklich spanisch vor.

„Hast du Lust auf einen Ausflug?" fragte Tom. Ausgeschlafen wie sie waren, antwortete Tamara: „Mit Vergnügen!"

Die gegenüberliegende Wohnung in der obersten Etage war nicht bewohnt. Das außenliegende Gelände war mit einer Mauer umgeben deren massives Stahltor 20 Zentimeter auseinanderliegende senkrechte Stäbe hatte, so dass sie einfach hindurchspazieren konnten. Ihre Appartementeingangstüre ließen sie unabgeschlossen. Sie spazierten den Strand entlang genau am Meer, das sie ab und zu ausgelassen mit kleinen Wellen bespritzte. Die gesamte Bucht war mit einer breiten Promenade für Fußgänger mit schönen Fliesen belegt, in die alle 20 Meter Straßenleuchten eingelassen waren. Sie kam direkt nach dem Strandabschnitt. Sie entdeckten eine winzige Strandbar. Es waren nur noch zwei Tische besetzt. Die Betreiberin sah die zwei Katzen und lockte sie heran. Vorsichtig gingen Tom und Tamara auf sie zu, immer bereit zur Flucht. Doch die junge Spanierin war eine Katzenfreundin. Sie hatte vom Abendessen noch eine Portion gebratene Sardinen übrig und stellte sie auf zwei Schälchen verteilt vor Tom und Tamara. Sie stürzten sich darauf. Es schmeckte herrlich – ganz frisch und kross.

Mit einem Schnurrkonzert und Schmusen verabschiedeten die Zwei sich wieder.

Für heute wollten sie das Glück nicht weiter herausfordern. Sie liefen zurück zu ihrem Appartement und kuschelten sich ins Bett.

Kapitel 10

Chorizos bei Rosita

Nach dem ersten Nachtausflug schliefen Tom und Tamara lange aus. Die Fahrt und der nächtliche Ausflug zollten ihren Tribut. Nach der Morgentoilette richteten sie sich ein herzhaftes Frühstück, Speckeier mit frischem Albtäler Landbrot. Danach waren sie gestärkt für eine Wanderung zum nächsten Ort, wo es in einem Café den besten spanischen Milchkaffee und anderen Spezialitäten gab, welche mit einem winzigen frisch gebackenen Croissant gereicht wurden.

Für den Rückweg wählten sie einen landeinwärts gelegenen Straßenzug, der mit kleinen Geschäften gespickt war, die Kleidung und Sportgeräte anboten sowie mehrere Lokale.

Der Nachmittag gehörte dem Strand und dem Meer, wo sie auf ihren roten Liegen bequem lesend lagen oder sich im Meer tummelten. Am Abend besuchten sie die Katzenfreundin, die ihnen nachts als Katzen Sardellen geschenkt hatte.

Heute Abend hatte sie ein besonderes Tagesgericht. Sie grillte Chorizos. Rosita klärte sie auf, was dies für Würste sind: „Diese würzigen, festen grobkörnigen, mit Paprika und Knoblauch gewürzten Rohwürste sind vom Schwein. Paprika gibt ihnen die rote Farbe und den typischen Geschmack. Sie ähneln den ungarischen Kolbász, welche ebenfalls mit Paprika gewürzt werden. Jährlich werden in Spanien 50.000 Tonnen hergestellt.

Das Wort „Chorizo" stammt vom Lateinischen salsicium (=Wurst) ab oder kommt aus Griechenland, wo es „Schwein" bedeutet. In Spanien verwendet man das Wort auch für kleine Gauner und Betrüger.

Die Würste werden mit Salat und Pan de Payés (spanisch= Landbrot) gereicht. Ich bringe euch eine Flasche Rioja, das vergoldet das Geschmackserlebnis!"

Beim Bezahlen der Rechnung sagte Tom zu Rosita, der Katzenfreundin, dass es ihnen ganz wunderbar geschmeckt hätte. Verschmitzt fügte er hinzu: „Vielleicht schauen wir heute Nacht noch einmal vorbei!"

Tamara bekam einen Lachanfall und die Spanierin schaute sie fragend an. Sie verstand den Grund ihrer Heiterkeit glücklicherweise nicht.

Auf dem Heimweg entdeckten sie an einem fünfstöckigen Gebäude ein Schild, auf dem stand, dass die höchstgelegene Wohnung zum Verkauf stand. Tamara fragte Tom: "Würde es dich interessieren, die Wohnung morgen anzuschauen? Es wäre wunderbar, wenn wir in Spanien eine kleine Wohnung hätten, wo wir die Badeutensilien, Strandkleidung, Ruheliegen und unsere Schwimmbretter stehen lassen könnten und nicht unser Auto be- und entladen müssten. Außerdem könnten wir ein Dutzend Mal im Jahr Urlaub machen, falls wir Zeit haben." Als Tom bejahte, machte sie sogleich ein Foto von dem Werbeplakat, auf dem die Telefonnummer des Verkäufers stand. Nach einem Gläschen Wein auf dem Balkon legten sie sich schlafen. Schon bald mussten sie wieder fit sein.

Kapitel 11

Aufregung im „Els Pins Resort"

Zwölf dumpfe Kirchturmschläge trug der Wind von dem maurischen Kirchturm des Nachbarortes zu Tamara und Tom. Sie wachten auf und verwandelten sich in ihre zweite Gestalt. Sie hatten sich inzwischen schon daran gewöhnt und empfanden nicht mehr so viel Angst und Beklemmung wie am Anfang.

„Besuchen wir nochmal die freundliche Spanierin vom Strandrestaurant oder willst du dir das exklusive Restaurant des Appartementkomplexes am Ende unserer Straße anschauen?" fragte Tom. Tamara hatte Lust auf etwas Neues und antwortete: „Gehen wir zuerst zum „Els Pins Resort". Danach können wir Rosita immer noch besuchen."

Das Restaurant war gut besucht. Die meisten Gäste waren elegant gekleidet und saßen im Freien. Auf ihren Tischen standen silberne Platten, meist mit Meeresfischen, Muscheln und Oktopus belegt. Tamara und Tom gingen an den Tischen vorbei und steuerten die Küche des Lokals an, welche sich seitlich hinter den Speiseräumen befand. Ein kleines Mädchen, das an einem der Tische saß, sagte zu seiner Mutter: „Mutti, schau mal, sind das zwei hübsche Katzen! Gehen die im Restaurant essen? Darf ich aufstehen und sie streicheln?" Die Mutter antwortete: „Ich glaube die Katzen haben etwas anderes vor und sind in Eile. Streichle sie morgen, wenn sie an den Strand kommen."

Sie spazierten in den Innenhof und sahen die Köche in der Küche gehetzt umherlaufen. Sie rührten in riesigen Suppentöpfen und Pfannen und verteilten die Speisen auf den silbernen Platten.

Tamara und Tom schauten sich gerade um, ob sie nicht eine kleine Portion Fisch in ihrer Nähe gelagert hatten, als plötzlich ein riesiger schwarzer Hund, eine Mischung aus Rottweiler und Pitbull um die Kurve gepirscht kam. Er verfolgte die Katzen, die sofort die Flucht ergriffen. Vorbei ging es im Katzengalopp an den Tischen der staunenden Gäste, als ein lauter Pfiff den Verfolger stoppte, der sofort umkehrte und so Tamara und Tom erlöste.

Reumütig kehrten sie zu Rositas Strandbar zurück, die sie zärtlich begrüßte: „Na, ihr Zwei, ihr seht so gestresst aus, seid ihr verfolgt worden?" Sie miauten zur Bestätigung und Rosita verwöhnte sie mit gegrilltem Thunfisch. Da die Katzen bis auf einen Tisch ihre letzten Gäste waren, setzte sich Rosita zu ihnen und berichtete: „Heute war ein anstrengender Tag. Am Nachmittag kam ein Bus mit Touristen zu uns. Unsere kleine Küche kam bei dem Andrang fast nicht nach. Als sie weg waren, kam noch ein sehr nettes junges Paar zu mir. Sie ähneln euch irgendwie. Morgen muss ich sie unbedingt fragen, ob ihr Vier zusammengehört."

Könnten Katzen lachen, hätten sie laut herausgeprustet. So beließen sie es bei einem zustimmenden Miau und schnurrten, als Rosita sie streichelte.

Kapitel 12

Die Wohnungsbesichtigung

Als sie am nächsten Morgen erwachten, telefonierten sie gleich nach dem Frühstück mit dem Makler, der die schicke Eigentumswohnung verkaufen wollte. Sie bekamen noch am gleichen Morgen einen Termin. Sie freuten sich sehr. Sie tranken noch eine Tasse Espresso, dann machten sie sich auf den Weg. Señor Gonzales sprach perfekt Deutsch. Er zeigte ihnen alle Räumlichkeiten. Neben der eleganten in Schwarz-Weiß gehaltenen Küche und dem ebenso schicken Badezimmer beeindruckte sie der 30 Quadratmeter große Balkon Richtung Süden mit graugelber Markise, die im vorderen Teil absenkbar war, so dass die Mittagshitze nicht das Appartement aufheizte.

„Sie können das Appartement gerne in ein paar Tagen nochmals besichtigen, wenn es ihnen gefällt", sagte er freundlich, als Tamara und Tom sich verabschiedeten. „Wir schlafen darüber und zählen unsere Ersparnisse", antwortete Tom lachend. „Ein paar Prozent kann ich den Verkäufer sicherlich noch herunterhandeln", antwortete der Makler.

Zwei Tage später riefen Tamara und Tom nochmals den Makler an. Tom erkundigte sich, ob der Makler die Preisvorstellung des Verkäufers noch etwas korrigiert hatte.

Der Makler sagte: „Der Verkäufer, Señor Ruiz braucht das Geld dringend für ein anderes Objekt. Falls sie 50.000 Euro in bar anzahlen können, gehört ihnen die Wohnung für 250.000 Euro."

Tom strahlte über das ganze Gesicht, doch Tamara zog eine düstere Miene. „Was meinst du dazu?" fragte Tom. Tamara antwortete: „Wir sollten erst mit unserem Bankberater sprechen, bevor wir eine so hohe Anzahlung machen!"

Sie verabredeten, dass sie sich in zwei Tagen wieder in der Wohnung treffen würden.

Auf dem Nachhauseweg sagte Tamara zu Tom: „Die Sache mit der Anzahlung in bar gefällt mir überhaupt nicht. Üblicherweise fließt das Geld erst bei oder nach dem Notarvertrag. Ich möchte nicht, dass wir zwei Betrügern auf den Leim gehen. Dann wäre unsere Anzahlung weg und die Wohnung ist eventuell gar nicht zu verkaufen. Wenn wir uns übermorgen treffen, soll der Makler den Verkäufer mitbringen. Wir sagen, dass wir die Anzahlung dabei haben. Dann kommt er sicher zum Termin dazu. Wir werden aber den Teufel tun, soviel Bargeld mitzunehmen. Vielleicht wissen wir mehr, wenn wir den Verkäufer gesehen haben."

In der darauffolgenden Nacht verwandelten sich Tamara und Tom wieder in Katzen. Heute hatten sie verabredet, sich die Eigentumswohnung in Katzengestalt anzusehen. Als sie sich dem Haus näherten, sahen sie von weitem bereits, dass in der Wohnung Licht brannte. Tamara fragte: „ Meinst du, dass der Makler als Einbruchschutz über Nacht die Wohnung beleuchtet?" Doch Tom verneinte: „Ich habe eben eine Person gesehen, die sich bewegt hat. Vielleicht schläft der Makler in der Wohnung, bis er sie verkauft hat."

Sie beobachteten noch eine ganze Weile die Gestalt, die hektisch hin und her lief und aufgebracht ins Handy sprach. „Jetzt habe ich auch nicht mehr das beste Gefühl", meinte Tom, „lass uns noch zu Rosita laufen, sicherlich wartet sie schon auf uns."

Kapitel 13

Eingesperrt im Kellerverlies

Als Tamara und Tom zwei Tage später wieder die Eigentumswohnung ansteuerten, hatten sie weder ihr Urlaubsgeld noch die Anzahlung von 50.000 Euro dabei, den Makler darüber aber im Ungewissen gelassen. Der Eigentümer wollte zu diesem Termin erscheinen.

Sie klingelten und die Eingangstüre des Appartementhauses öffnete sich. Sie gingen hoch in die fünfte Etage, und eine ihnen unbekannte Person öffnete die Wohnungseingangstüre. Der Mann war zwischen 30 und 40 Jahren alt, hatte braune engstehende Augen, einen unsteten Blick, ölige, nach hinten gekämmte Haare und einen verkniffenen Gesichtsausdruck. Kurz gesagt: ein Rattengesicht!

„Der Makler kommt gleich", sagte er, „haben Sie schon den geräumigen Keller gesehen?" Als Tamara und Tom verneinten, sagte er: „Das holen wir gleich nach. Kommen sie mit!" Sie gingen erneut durch das Treppenhaus und betraten die Kellerräume. Erstaunlicherweise war der Makler schon im Keller. Dann ging alles sehr schnell. Beide Männer holten einen Revolver aus dem hinteren Hosenbund. Er war am Rücken unter dem Hemd versteckt gewesen. Der Makler übernahm den zweiten Revolver, bedrohte damit Tom und Tamara, und das Rattengesicht fesselte sie. Dann durchsuchte er beide nach Geld und Wertsachen. Doch selbst den Ehering und die wertvolle Armbanduhr hatten sie heute im Appartement gelassen. „Dreckspack!" sagte Rattengesicht, „jetzt könnt ihr ein paar Stunden schmoren, und dann verratet ihr uns, wo euer Appartement, das Geld und alle Wertsachen sind, sonst töten wir euch!"

Sie schlossen den Keller ab und hauten ab. Tamara und Tom saßen im Dunkeln, nur ein kleines Kellerfenster, das einen Spalt geöffnet war, ließ etwas Licht und Luft in ihr Gefängnis.

Die Stunden vergingen, und die beiden litten an Hunger und Durst. Immer wieder hatten sie versucht, die Knoten der Fesseln aufzubekommen, immer wieder hatten sie durch das kleine Fenster um Hilfe gerufen, wenn sie meinten, irgendwelche Personen zu hören. Doch dieser Strandabschnitt war sehr einsam gelegen und die Bauarbeiter, die einen weiteren Appartementkomplex bauten, waren 500 Meter entfernt und konnten sie nicht hören.

Als es draußen Nacht wurde, schliefen sie ein.

Als sie um Mitternacht wach wurden, verwandelten sie sich gerade wieder in Katzen. Ihre Körper wurden kleiner und die zu groß gewordenen Fesseln fielen zu Boden. Sie küssten sich und Tamara sagte zu Tom: „Jetzt sind wir frei. Wir springen auf den Sims des kleinen Kellerfensters, drücken das Fenster noch etwas weiter auf, kriechen hinaus, springen hinunter und gehen sofort nach Hause. Heute habe ich keine Lust mehr auf Abenteuer. Dieses hat gereicht! Morgen früh gehen wir als Menschen zur Polizei, und zeigen die Verbrecher an. Wir sagen aber nichts über unsere Verwandlungsfähigkeit. Wir behaupten, wir hätten die Fesseln aufknoten können und uns selbst befreit!"

„Machen wir!" antwortete Tom, „was habe ich nur für eine kluge Frau!"

Kapitel 14

Bei der Guardia Civil

Am nächsten Morgen gingen Tamara und Tom nach dem Frühstück sofort zur Polizei. Sie gingen an der Rezeption der netten Vermieterin, Frau Gomez, vorbei, und berichteten ihr kurz das gestrige Geschehen. Sie riet ihnen, zur Guardia Civil zu gehen und schrieb ihnen die Adresse auf.

Sie fuhren zum nächsten Ort nach Palamos in die Carrer Hospital, 34. Sie verlangten Señor Mendez zu sprechen, der ein Verwandter von der Vermieterin war und etwas Deutsch und gut Englisch sprach.

Er ließ sich den Fall in Ruhe erzählen, holte dann seinen Laptop und schrieb eine Zusammenfassung ihres Berichts. Zu den zwei Verbrechern stellte er detaillierte Fragen zu Aussehen, Alter, Auffälligkeiten und dem Verhältnis untereinander.

Sie unterschrieben das Protokoll und durften das Polizeigebäude verlassen. Señor Mendez notierte sich vorher noch ihre Adresse und die Handynummern. Er schmunzelte, als er hörte, dass sie Quartier bei seiner Cousine bezogen hatten.

Sogleich fuhren Tamara und Tom zu ihrer geliebten Strandbar in Palamos um ein zweites Frühstück einzunehmen. Die Sonne schien und ein laues Lüftchen spielte mit ihren Haaren.

Das war Schwimm- und Lesewetter für den Strand. Die nächtliche Last war von ihren Schultern genommen, denn der Kommissar würde sich sicherlich gut um den Fall kümmern. Im Übrigen hatten die Gangster nicht ihre Wohnadresse. Nur ein zufälliges Zusammentreffen, bei dem sie von den Gangstern unbemerkt verfolgt würden, sollte unbedingt vermieden werden.

Kapitel 15

Das Treffen mit dem russischen Waldkater

Tamara konnte ihre Neugier nicht bezwingen und lotste Tom zu der Immobilie, wo sie im Keller letzte Nacht eingesperrt gewesen waren. In der Wohnung brannte heute Nacht kein Licht. Wahrscheinlich vermuteten die Gangster, dass Tamara und Tom das Verbrechen bei der Polizei angezeigt hatten und hielten sich bedeckt.

Doch Tamara meinte, dass sie nach einigen Tagen sicherlich noch einmal in die Wohnung gehen würden um alle Wertgegenstände mitzunehmen.

Tom deutete auf ein unauffälliges Auto mit verspiegelten Fenstern. Er fragte: „Meinst du nicht, dass das ein Polizeiauto sein könnte. Señor Mendez hat sicherlich die gleiche Idee wie wir. Wir machen uns auf die Socken, dass die Polizei nicht auf uns aufmerksam wird." Tamara lachte: „Mein Süßer, wir haben die beste Verkleidung, die es gibt. Wir tragen Katzenmäntel!!!"

Gut gelaunt liefen sie zu der Strandbar ihrer Katzenfreundin. Sie überquerten eine Brücke, die über einen breiten Meereszufluss aus dem Umland und den nahen Bergen kam. Dort unten saß ein einsamer Nachtangler, denn am Übergang des Flusses ins Meer tummelte sich ein großer Schwarm Sardinen. Sie gingen zum Strand und begrüßten den russischen Waldkater freundlich. Dieser grüßte ebenso freundlich zurück und fragte sie, ob sie im Ort wohnen würden oder zu Urlaub hier wären.

Sie antworteten fast wahrheitsgetreu, dass sie mit ihren Menschen aus dem kalten Deutschland kommen und zwei Wochen Urlaub in diesem idyllischen Ort verbringen würden. Danach berichteten sie von ihren Menschen, und dass diese von zwei spanischen Gangstern eingesperrt worden waren, weil diese an ihr Geld kommen wollten.

Wladimir war entsetzt und berichtete von seinem Freund Pjotr, einem russischen Oligarchen, mit dem er aus Sotschi angereist war. Wladimir versprach sich umzuhören, denn dieser hatte viele Freunde und Bekannte, die seit langen Jahren bei dem russischen Geheimdienst, der „OMON" arbeiteten. Bevor sie sich trennten, sagte Wladimir: „Ihr findet mich fast jede Nacht um diese Uhrzeit am Kanal beim Angeln. Schaut in zwei Tagen wieder vorbei. Vielleicht habe ich dann schon etwas erfahren!"

Kapitel 16

Die Einladung von Wladimir

Zwei Tage später, als Tamara und Tom wieder einen ihrer nächtlichen Ausflüge unternahmen, sahen sie Wladimir wieder am Flussübergang angeln und liefen zu ihm hinunter.

Wladimir freute sich sehr sie zu sehen, hatte aber noch keine Informationen von Pjotr zu bieten. Dafür machte er ihnen aber ein erstaunliches Angebot.

Er berichtete, dass morgen Nacht im Hafen von Barcelona ein riesiges Mitternachtsfest stattfinden würde. Pjotr wollte mit Wladimir hinfahren und sich mit Freunden treffen. Es würden reichlich Stände und Cartrucks für menschliche und tierische Gelüste bereitstehen. Wladimir hatte die Erlaubnis, seine Freunde einzuladen. Die Veranstaltung würde von Mitternacht bis fünf Uhr in der Frühe stattfinden und um 5.30 Uhr wären sie zurück. Pjotr würde sie um 00.30 Uhr abholen, wenn sie Lust hätten, Pjotr und Wladimir zu begleiten. Tamara und Tom schauten sich fragend an. Tom merkte, dass seine stets unternehmungslustige und neugierige Katzendame starkes Interesse hatte. „Meinst du, Wladimir, dass wir tatsächlich um 05.30 Uhr wieder zuhause sind? Das wäre uns sehr wichtig!"

Wladimir antwortete: „Pjotr ist ein Perfektionist und mit verabredeten Terminen nimmt er es sehr genau. Hat ihn jemand selbstverschuldet warten lassen, wird er sofort von der Bekannten- oder Freundesliste gestrichen."

„Das gefällt uns", antwortete Tom. „wir sind aus dem selben Holz geschnitzt!"

Sie schlugen mit der Pfote ein, verabschiedeten sich und machten noch einen Besuch bei Rositas Strandbar.

Kapitel 17

Ein rauschendes Fest in Barcelonas Hafen

Ein buntes Lichtermeer erwartete sie, als der Rolls Royce in den Hafen einbog. Überall spielte unterschiedliche Musik und diverse Köstlichkeiten ließen ihre Düfte durch den Hafen wehen: Fisch, Fleisch, Würste, Meeresgetier, der Duft von frisch gebackenem Brot und von Süßigkeiten.

Bei einer großen Yacht war ein Parkplatz für Pjotr reserviert. Alle stiegen aus, und Pjotr schloss die Kabinentür auf. Das Boot war mit Edelhölzern ausgestattet und die Kommandozentrale war mit den besten und teuersten Instrumenten ausgestattet. Pjotr zeigte ihnen alle Räume, selbst die Kajüten, die im unteren Teil der Yacht untergebracht waren. Sie waren großzügig und sehr geschmackvoll eingerichtet. Er legte sogar vom Steg ab und bot ihnen eine Hafenrundfahrt, damit sie alle Sehenswürdigkeiten anschauen konnten, ohne im Gedränge geschubst oder gar verletzt zu werden. Da ein fulminantes Feuerwerk auf zwei Uhr angesetzt war, fuhr Pjotr ein paar Meilen meerwärts, damit es alle Gäste seiner Yacht von der Ferne sehen konnten, die empfindlichen Gehörgänge und Ohren aber geschont wurden.

Um drei Uhr waren sie zurück am Steg. Pjotr sagte zu ihnen: „Jetzt könnt ihr drei euch gerne noch alleine vergnügen. Ich treffe mich mit Freunden. Aber bitte seid gegen 4.45 Uhr zurück, dass wir nach Hause fahren können.

Kapitel 18

Die Rückfahrt

Pünktlich um 4.44 Uhr saßen alle im edlen Rolls Royce und Pjotr steuerte die AP 7 an, eine Autobahn, die von der französischen Grenze 1007 Kilometer in Spaniens Süden bis Veracruz kurz vor Almeria reicht. Pjotr berichtete, dass er sich mit Spaniens höchstem Chef des Geheimdienstes getroffen und erfahren habe, dass die Gangster gestern Abend die Wohnung geleert und nach Frankreich geflüchtet seien. Der Kommissar, Señor Mendez, hatte sie unauffällig überwacht, aber nicht verhaftet, um an die Hintermänner heranzukommen. Wegen räuberischer Erpressung, Betrug und Autoschieberei waren beide schon im Gefängnis gesessen. Die Sparte „Immobilienbetrug" hatten sie wohl neu an Land gezogen. Sie hatten schon unzähligen Touristen schöne Häuser und Wohnungen im Internet angeboten und die Mieten und Sicherheitskautionen kassiert, ohne dass die Immobilien konkret vorhanden waren. Die enttäuschten Touristen waren an den vereinbarten Urlaubsort gereist und suchten sich die Augen wund, denn es gab weder die angebotenen Ferienwohnungen noch die Häuser. Sie mussten sich neue Unterkünfte suchen, aber das Geld war weg.

Wladimir, Tamara und Tom blieb die Spucke weg. Durch den interessanten Bericht von Pjotr war die Zeit so schnell vergangen, dass sie gar nicht bemerkt hatten, dass sie schon vor Tom und Tamaras Appartement standen. Pjotr hatte Wort gehalten. Es war genau 05.30 Uhr. Sie bedankten sich bei Pjotr für die wunderschöne Nacht und eilten schnellstens in ihre Wohnung.

Kapitel 19

Eine gefährliche Frage

Jede zweite bis dritte Nacht machten Tamara und Tom einen nächtlichen Ausflug zu Wladimir, der am Flussufer saß und angelte. Ein paar Mal ging er mit zu Rositas Strandbar, die auch für ihn einige Stücke Fisch spendierte. Das gefiel ihm sehr gut, Rosita gefiel er übrigens auch.

So kam es, dass er auch Pjotr von der großzügigen Katzenfreundin berichtete und erzählte, dass Tom und Tamaras Menschen hier mittags oder abends sehr gut essen würden. Pjotr ließ nicht lange auf sich warten und kam am nächsten Tag mit Wladimir in die Strandbar. Tom und Tamara saßen gerade in Menschengestalt am Tisch und aßen fangfrischen Fisch. Pjotr freute sich, die beiden zu treffen. Aber Wladimir fragte ganz verdutzt, wo seine Katzenfreunde denn wären.

Nach einer Schrecksekunde antwortete Tamara: „Ich glaube, die beiden haben heute Nacht zu viel unternommen. Als wir fortgingen, lagen sie am Fußende unseres Bettes und haben tief geschlafen." Auf Pjotr und Wladimir Gesicht erschien ein Grinsen. „Wer weiß, was sie noch angestellt haben, dass sie so ermattet sind", ergänzte Pjotr. Nun mussten auch Tamara und Tom lachen.

Kapitel 20

Die Einladung nach La Rochelle

Als Tamara, Tom, Wladimir und Pjotr zwei Tage später bei Rosita eintrafen, berichtete Pjotr, dass er aus geschäftlichen Gründen zurück nach Frankreich musste. In La Rochelle hatte Pjotr eine große Villa direkt am Meer. Wladimir wäre noch so gerne bei seinen Katzenfreunden geblieben. Pjotr sagte zu Wladimir: „Lade deine Freunde und ihre Menschen doch einfach zu uns ein! Sie sollen mit nach Frankreich reisen oder nachkommen. Platz gäbe es im Haus genug. Eine kleine Appartementwohnung von 65 Quadratmeter mit eingerichteter Küche, Dusche, WC und Badewanne, zwei Schlafzimmern und einem großen Wohnzimmer mit TV-Gerät und riesigem Balkon zum Meer stände für deine Freunde zur Verfügung."

Tamara und Tom schauten sich sprachlos an. Sie waren verwundert, so großzügige Freunde kennengelernt zu haben.

Gerne hätten sie die Einladung angenommen, aber es gab da ein gewisses Problem, denn entweder waren die Menschen da oder die Katzen. Man sah sie verständlicherweise nie zusammen! Es gab auch das Versprechen gegenüber Bastet, niemals das Geheimnis preiszugeben. Sie hätten die Wahrheit mit dem Tod bezahlen müssen. Deshalb lehnten sie die Einladung ab, ließen sich aber ein kleines Hintertürchen offen, dass sie eventuell bei der Heimreise für ein- bis zwei Stunden vorbeikommen würden. Sie tauschten ihre Adressen und Handynummern aus und wollten per WhatsApp in Verbindung bleiben.

Nach einer herzlichen Umarmung trennten sie sich mit Tränen in den Augen. Alle hatten das Gefühl, sich schon seit Jahrzehnten zu kennen, und die besten Freunde zu sein. Ein reger, meist täglicher Gedankenaustausch erfolgte über die Handys.

Kapitel 21

Der Besuch in La Rochelle

Lange suchten Tamara und Tom nach einem Weg Pjotr und Wladimir in La Rochelle ohne die Katzen besuchen zu können. Schließlich fiel Tamara eine Ausrede ein: „Wir sagen, dass die Kätzin krank geworden ist und sich im Moment in einer Tierklinik befindet. Damit sie sich nicht verlassen fühlt, ist der Kater bei ihr geblieben. Da die Tierklinik mehrere ausländische Gäste hat, sorgt sie auch für den Rücktransport nach Deutschland, Frankreich und Belgien, und das sogar zu einem günstigen Preis", sagte Tamara.

Tom fiel ihr um den Hals und lobte sie für ihre tolle Idee. Sie kündigten ihr Kommen für morgen gegen dreizehn Uhr an. Am selben Tag richteten sie noch die Koffer und beehrten Rosita mit einem letzten Besuch.

Rosita war sehr traurig, dass sie ihre liebsten Gäste verlor, doch Tamara und Tom trösteten sie damit, dass sie im nächsten Jahr zur gleichen Zeit wieder kommen würden.

Tom sagte: „Vielleicht kommen wir auch schon im März des nächsten Jahres wieder. Pjotr hat gesagt, dass er meistens zweimal im Jahr in Spanien Urlaub macht."

Punkt sechs Uhr am Montagmorgen verwandelten sie sich zurück zu Menschen und nach einer Tasse Espresso ging es los Richtung Frankreich, denn das Auto war schon beladen.

Die Fahrt bis zur Grenze ging problemlos vonstatten. Heute wurde in Katalonien nicht mehr gestreikt wie die vergangenen Tage, wo die Katalanen für die Selbständigkeit von Spanien auf die Straße gegangen waren und Autobahnen und die Grenze blockiert hatten.

Am Grenzübergang in La Jonquera ging es Richtung Andorra 662 Kilometer und sechs Stunden lang auf der Ap 7 über Perpignon, Narbonne, Carcasonne, Toulouse, Bordeaux, Santes, Rochefort bis La Rochelle.

Diese Küstenstadt ist Hauptstadt des Departements Charentes-Maritime mit 75 000 Einwohnern. Seit dem zwölften Jahrhundert ist diese Stadt ein Fischerei- und Handelszentrum. Im alten Hafen Vieux Fort als auch im großen modernen Yachthafen Les Minines wird ersichtlich, dass die Seefahrt hier eine lange Tradition hat."

Dank Navi war das Haus von Pjotr schnell gefunden. Es lag direkt am Meer und hatte einen herrlichen mediterranen Garten mit südländischen Bäumen.

Kaum hatte Tom die Autotüre geöffnet, kam Pjotr im Gefolge von Wladimir herangeeilt und begrüßte sie herzlich. Beide schauten ins Auto auf die Rücksitzbank und suchten die Katzen. Tamara brachte die Ausrede über den Verbleib der Katzen in der Tierklinik sehr glaubhaft vor. Pjotr und Wladimir waren enttäuscht, dass sie nicht dabei waren. Sie wünschten ihnen, dass sie bald wieder gesund würden und schnell zurückgebracht würden.

Nachdem Tamara und Tom den Garten, das Haus und die Ferienwohnung besichtigt hatten, erwartete sie im Freien ein Platz mit eleganten schwarzen Rattan Möbeln. Auf dem Grill lagen schon einige Leckereien: Hummer, Tintenfisch, Austern, Miesmuscheln, Lachs, Hummer und Garnelen. Als Katzen hätten Tamara und Tom gerne von allem geschlemmt, doch als Menschen wählten sie nur Lachs und Hummer.

Doch zuvor schenkte Pjotr jedem ein Glas Champagner ein, und sie tranken auf ihr Wiedersehen. Pjotr wollte seine Freunde überreden ein paar Tage bei ihm zu bleiben, doch Tamara und Tom befürchteten bei der Verwandlung nicht alleine sein zu können. Da schaute Tom auf seine Armbanduhr: „Ach", stöhnte er, „wir brauchen für die Rückfahrt nach Karlsruhe etwa 10 Stunden. Wir schaffen es nicht vor 24 Uhr zuhause zu sein." Pjotr hatte eine Lösung: „Ihr zwei bleibt für heute Nacht hier in der Ferienwohnung. Wenn ihr um 22 Uhr ins Bett geht, bekommt ihr genügend Schlaf, um morgen um sechs Uhr weiterzufahren. Ihr seid dann je nach Pausenlänge zwischen 16 und 18 Uhr zuhause. Das ist viel besser als bei Nacht Auto fahren zu müssen."

Tamara nickte: „Pjotr hat recht! Wir bleiben!" Pjotr grinste: „Das freut mich ungemein. Da kann ich euch noch ein wenig verwöhnen. Wenn ihr wollt, machen wir eine Stadtbesichtigung."

„Oh ja!" sagten Tamara und Tom gleichzeitig. Mit dem Rolls fuhren sie zunächst zum „Vieux Port" und bestaunten die Vielzahl der Segelboote. Auf dem Boulevard, der nur für Fußgänger freigegeben war, tummelten sich viele Touristen. In einer kleinen Seitenstraße parkte Pjotr den Rolls, und sie liefen durch die romantischen Arkaden und bestaunten die Wehrtürme. Die Altstadt war von mittelalterlichen Fachwerkhäusern und Renaissancebauten geprägt, darunter Arkaden aus dem siebzehnten Jahrhundert.

Nach einem kurzen Spaziergang ging es zurück zum Auto und Pjotr fuhr zum nahen kleinen Flughafen, wo sie sein Privatflugzeug bestiegen. Er setzte sich selbst ans Steuer und flog über die Stadt.

Pjotr bot ihnen eine beeindruckende Kulisse von oben. Wie Falken sahen sie von oben, wie weit sich die Stadt ins Hinterland gefressen hatte. Die Weite des blauen Meeres war lediglich in Hafennähe durch Wehrtürme unterbrochen.

Wie ein Pilot der Lufthansa landete Pjotr butterweich. Angestellte des Flughafens erschienen. Sie übernahmen die weitere Arbeit.

„Jetzt kommt das Beste", sagte Pjotr, „wir fahren zu der angesagtesten Bar der Stadt, in die „La Terrasse." Sie liegt an der Zufahrt nach La Rochelle auf einer Naturterrasse mit Blick auf die Insel Ré, Tix und Oléron. Tom und Tamara waren, was selten vorkommt, tatsächlich sprachlos. Sie sagten: „Pjotr, der Blick ist himmlisch!"

Heimlich beschlossen beide, an diesem schönen Fleck ihrem Partner zum Geburtstag einen Miniurlaub zu schenken.

Kapitel 22

Schreck am Morgen

Tatsächlich waren Tamara und Tom um 22 Uhr zu Bett gegangen. Tamara fühlte sich noch lange nicht müde und fragte Tom: „Machen die zwei Katzen heute Nacht einen kleinen Ausflug?" Tom antwortete flüsternd: „Das würde ich nicht empfehlen! Bei der Garten- und Hausbesichtigung habe ich jede Menge Überwachungskameras gesehen. Pjotr schaut bestimmt jeden Morgen nach, ob sich gefährliche Personen seinem Haus in der Nacht genähert haben. Wir kämen in echte Erklärungsnöte, wenn er unsere Katzen sehen würde. Da würde unser Lügenkartenhaus zusammenstürzen." Enttäuscht stimmte ihm Tamara zu: „Aber dann möchte ich wenigstens morgen früh, bevor wir abreisen, noch im Meer schwimmen."

Pünktlich um 6 Uhr wachten sie auf und waren zurück in ihren Menschenkörpern. Sogleich zog Tamara ihren Bikini an und drängte Tom zum Aufbruch ans Meer. Sie mussten nur durch Pjotrs schönen Garten zum großen Tor laufen. Sie suchten den versteckten Knopf zum Öffnen. Tom fand ihn schnell und blockierte das Tor vor dem Zufallen mit einem Stuhl. Schließlich wollten sie ohne zu klettern wieder zu ihrer Wohnung kommen. Beide stürzten sich jauchzend in die Fluten. Sie schwammen in Ufernähe bis zu einem kleinen Fluss, der sich ins Meer ergoss.

Im Wasser sah Tom eine junge Frau mit so extrem blauen Augen, wie sie sonst nur Huskys haben. Er deutete mit dem Finger auf sie und sagte zu Tamara: „Schau, diese Frau könnte eine Russin sein. Sie hat Probleme beim Schwimmen. Oh Gott, sie gerät in einen Strudel und geht unter!"

Tamara schaute in die Richtung von Toms Finger und schrie: „Sie ist tot und der Strudel reißt sie nach unten."

Doch schon war Tom losgekrault und wollte sie retten. Er versuchte sie aus dem Strudel zu ziehen, doch er war so stark, dass er ihn mitsamt der Toten nach unten zog. Er verschwand von der Wasseroberfläche. In Windeseile tauchte Tamara in die Nähe des Strudels. Sie riss Tom von der Frau weg und aus dem Strudel heraus. Die Frau drehte sich in rasendem Tempo weiter in dem Wasserwirbel nach unten und verschwand. Tamara und Tom entfernten sich und tauchten auf. Tom japste nach Luft. Tamara machte ihm Vorhaltungen: „Wie kommst du nur auf die Idee wegen einer toten Frau dein Leben aufs Spiel zu setzten?" „Ich weiß nicht, ob sie tot war!" antwortete Tom kleinlaut. Tamara flüsterte: „Von dieser Geschichte erzählen wir Pjotr nichts. Wir gehen zurück in die Wohnung und machen uns für die Heimfahrt zurecht."

Als sie sich dem Tor näherten, erschraken sie, als sie Pjotr im Stuhl sitzen sahen, den sie als Sperre hingestellt hatten. Pjotr begrüßte sie lächelnd: „Meine jungen Freunde haben schon das kalte Atlantikwasser getestet. Das freut mich. Ich mag Menschen, die Sport machen und nicht überempfindlich gegen Kälte oder Schmerzen sind. Aber jetzt gibt es erst einmal ein französisches Frühstück. Wollt ihr nicht doch noch ein paar Tage bleiben? Wladimir und ich würden uns sehr freuen." Tom erwiderte: „Herzlichen Dank für das Angebot. Aber zuhause haben wir einige Termine, die wir einhalten müssen. Aber ihr seid bei uns herzlich willkommen. Gebt einfach Bescheid, wenn ihr mal in die Nähe von Karlsruhe kommt."

Dann frühstückten alle gemeinsam im Freien. Sie luden ihr Gepäck ins Auto und verabschiedeten sich herzlich. Pjotr und Wladimir standen auf der Straße vor dem Haus und winkten ihnen, bis sie rechts abbiegen mussten.

Kapitel 23

Die Rückfahrt

Während der ersten 100 Kilometer redeten Tamara und Tom nicht viel miteinander. Jeder war von der gefährlichen Situation im Meer noch so geschockt, dass er das Erlebnis erst mental bewältigen musste. Schließlich fragte Tom: „Warum sollte ich Pjotr nichts von der toten Frau erzählen?"

Tamara antwortete: "Wir haben Pjotr erst vor zwei Wochen kennengelernt. Wir wissen nur das über ihn, was er und Wladimir erzählt haben. Wir kennen ihn nicht wirklich. Wir wissen nur, dass er viel Geld hat, eine Villa und eine Yacht in Nordspanien, eine in La Rochelle und vielleicht sonst auf der Welt noch mehr. Nach seinen eigenen Angaben kennt er Leute der russischen OMON, das ist einer der gefährlichsten Geheimdienste. Wir sollten vorsichtig sein und nicht zu vertrauensselig. Er und sein Kater sind mir aber in der Tat sehr symphatisch, und ich bezweifle nicht, dass wir sie wiedersehen. Ich glaube auch nicht, dass er uns enttäuschen wird. Aber meine Großmutter sagte immer: „Vorsicht ist die Mutter der Porzellankiste!"

Da begann ein leichter Regen, der sich immer mehr steigerte. Schließlich war er so stark, dass sie das Tempo auf 30 Kilometer pro Stunde abbremsen mussten, und die vorausfahrenden Fahrzeuge die Warnblinkanlage einschalteten, da einige Fahrzeuge einfach stehen blieben. Nun zog sich die Fahrt in die Länge, und Tom musste sich so auf die Fahrbahn konzentrieren, dass die Unterhaltung über Pjotr in Vergessenheit geriet.

Nach 30 Minuten Langsamfahrt bei höchster Konzentration ebbte der Regen ab, und als sie den Jura erreichten, blinzelten dünne Sonnenstrahlen durch die Wolken. „Gottseidank!" sagte Tamara, die aufatmete. „Aber wo sind wir jetzt? Diese riesige Seenlandschaft kommt mir völlig unbekannt vor. Im letzten Jahr sah es hier doch ganz anders aus."

„Du hast recht!" antwortete Tom, „als wir im vorigen Jahr durch den Jura fuhren, gab es noch keine Seen. Sie sind erst in den letzten Wochen entstanden, weil es so viel geregnet hat."

„Wahnsinn!", erwiderte Tamara, „und die Seen haben schon ganz viele Bewohner: Enten Schwäne, Gänse und Kormorane. Trotz der Überschwemmung sieht es idyllisch aus."

Um 17 Uhr standen sie vor ihrer Garage in Karlsruhe. „Es ist geschafft, lieber Tom, du hast uns heute gut und sicher nach Hause gebracht. Vielen Dank. Ich eile ins Haus und hole die Garagenschlüssel."

Kapitel 24

Zuhause

Die neue Woche begann recht arbeitsintensiv. Tamara und Tom machten sich ans Kofferausräumen, Wäsche waschen und bügeln. In den zwei Wochen ihrer Abwesenheit hatte der Staubteufel das Haus in Besitz genommen und überall seine Präsenz dokumentiert. Das Schlimmste aber war der Garten, wo der alte Nussbaum seine Blätter abgeschmissen hatte. Der Wind hatte mit ihnen Fangen gespielt, so dass sie zentimeterdick auf dem Rasen lagen, als auch in den entlegensten Ecken zu finden waren.

Durch die viele Arbeit in Haus und Garten waren die Menschen als auch die Katzen wenig unternehmungslustig für abenteuerliche und nächtliche Ausflüge.

Gegen Ende der Woche war alles wieder im Lot und Tamara und Tom machten im Internet Recherchen zu den spanischen Immobilienverbrechern. Sie fanden heraus, dass der Makler, Señor Gonzales und Señor Ruiz, der angebliche Verkäufer des spanischen Appartements, zusammen eine Firma betrieben, deren Hauptsitz in Moskau war. Im Handelsregister stand: „Im- und Export, Ruiz/Gonzales". Dann fanden sie noch eine Eintragung über eine Agentur zur Vermittlung von Personal für die Hotelbranche. Der Sitz dieser Gesellschaft war in La Rochelle.

„Eine seltsame Häufung von Zufällen!" sagte Tom zu Tamara, „dass ausgerechnet die Gauner und der gute Pjotr ihren Sitz in La Rochelle haben und vorher beide in unserem Ort in Nordspanien waren."

Tamara drängte ihn: „Versuche auch etwas über Pjotr herauszufinden!"

Doch das erwies sich als harte Nuss! Zumal sie beschlossen hatten, als Katzen mal wieder einen Nachtausflug zu unternehmen. Tamara und Tom wollten sehen, ob sich in der Zwischenzeit im Heimatort etwas verändert hatte.

Kapitel 25

Neue Kontakte

Bevor Tamara und Tom den Cats Club ansteuerten, machten sie eine Runde in der örtlichen Umgebung. Heute funkelten die Sterne sehr hell. Morgen würde es einen sonnigen Tag geben.

Heute befanden sich die meisten Häuser und ihre Bewohner im Schlafmodus. Tamara und Tom beschlossen sich nordwärts zum nächsten Ort zu bewegen. Sie kamen an einem kleinen See vorbei, der in den Abendstunden oft Treffpunkt von Wohnungslosen und Alkoholikern war, die sich auf den Bänken niederließen um dem Hochprozentigem zu frönen.

Schon von weitem hörten Tamara und Tom Stimmen. Langsam schlichen sie sich an, denn sie wollten erst die Lage orten. Sie wollten auf keinen Fall in Kontakt mit den Säufern kommen, denn mit steigendem Alkoholpegel wurden einige aggressiv. Einmal hatten sie in einem Garten bei einem Lagerfeuer gefeiert. Durch Unaufmerksamkeit und Funkenflug fing ein großer alter Baum Feuer und brannte mit einer 15 Meter hohen Feuersäule ab. Die Feuerwehr löschte den Brand bei einem dreistündigen Einsatz. Zwei Leute kamen wegen Brandverletzungen ins Krankenhaus.

Tamara und Tom befanden sich nun gut versteckt hinter einem Baumstamm mit freiem Blick auf den See und die Bänke. Heute waren keine Menschen da, die Stimmen kamen von der Terrasse des Angelvereins. Es waren Katzenstimmen! Sie schlichen sich immer näher und erkannten unter der Clique aus einem halben Dutzend Katzen einen alten Bekannten. Es war ihr Freund Beaubu, der sie die vergangenen Jahre in unregelmäßigen Abständen besucht hatte. Stets hatten sie ihm ein exzellentes Viergangmenü serviert, wofür er sich mit Schmusereien bedankte. Wo war er die ganze Zeit gewesen oder vielmehr wie lange waren sie weggewesen, bis ihnen Bastet, die Katzengöttin den Wunsch der „doppelten Rückkehr" gewährt hatte?

Kapitel 26

Der Cats Club

Langsam gingen sie auf die Gruppe zu, die angesichts der unbekannten Gäste den Hals reckte.

Sie sprachen Beaubu an und sagten: „Wir kennen dich, du warst doch immer Gast bei Tamara und Tom!"

Beaubu riss die Augen auf: „Ihr kennt Tamara und Tom? Leben sie noch? Ich habe sie seit Monaten nicht mehr gesehen. Früher habe ich sie alle paar Tage besucht und herrliche Leckereien bekommen. Aber danach waren sie erst zwei Wochen verschwunden und immer, wenn ich sie besucht habe, war es dunkel in ihrem Haus. Ich fragte mich, ob sie im Urlaub oder umgezogen sind. Irgendwann habe ich die Hoffnung aufgegeben, dass sie zurückkommen. Zu meiner Schande muss ich gestehen, dass ich mir andere Gönner suchte, die mir ein wenig Futter geben. Aber vergessen habe ich Tamara und Tom nie. Wie geht es ihnen? Berichtet bitte!"

Tom antwortete: „Es geht ihnen gut, und sie vermissen dich sehr! Besuche sie doch morgen früh. Du wirst mit Sicherheit wieder ein tolles Frühstücksmenü bekommen!"

Beaubu sagte: „Das mache ich, ich verspreche es. Aber setzt euch zu uns. Ich stelle euch zunächst einmal alle Mitglieder unseres Cats Clubs vor. Rechts neben mir sitzt Max. Er ist der beste Angler der Welt. Er hat sogar schon einen Barsch aus diesem See gezogen. Er war so groß, dass sich alle satt essen konnten. Links neben mir sitzt Ralf, ein Siamkater, der als bester Mäusejäger bekannt ist.

Neben ihm sitzt Schnucki, ein Raufbold von Gottes Gnaden, vor dem selbst die größten Hunde Reißaus nehmen.

Links von ihm seht ihr Sokrates. Er ist unser Ratgeber in allen Fragen des Lebens, ein richtiger Philosoph.

Last not least Casanova, der seinem menschlichen Vorbild bestens nacheifert. Es gibt keine Kätzin, die sich nicht nach ihm verzehrt.

Seid herzlich willkommen im Cats Club! Aber berichtet zunächst einmal von euren Vorlieben und Hobbys."

Tom antwortete: „Tamara und ich lieben Geheimnisse und Rätsel. Wir versuchen Verbrechen aufzuklären und die Täter ausfindig zu machen. In unserem Urlaub in Spanien wurden Tamara und Tom von Verbrechern in einem Keller festgehalten und erpresst. Glücklicherweise konnten sie fliehen. Sie haben eine Anzeige bei der spanischen Polizei gemacht, welche die Verbrecher jetzt international sucht, weil sie nach Frankreich geflüchtet sind. Sie haben noch mehr auf dem Kerbholz."

„Das ist toll", rief Beaubu, „ihr seid Katzendetektive, solche Spezialisten haben in unserem Cats Club gerade noch gefehlt. Gehe ich richtig in der Annahme, liebe Freunde, dass ihr mir zustimmt?"

Alle Mitglieder miauten zustimmend und schon waren Tamara und Tom Mitglieder des Cats Clubs!

Kapitel 27

Relativität

Als am nächsten Morgen Tamara und Tom ausgeschlafen hatten, fragte sie ihn: „Erinnerst du dich daran, was Beaubu zu uns gesagt hat? „Ja, antwortete Tom, „wir wären lange weggewesen. Das kann doch nicht sein. Bastet hat uns den Wunsch der doppelten Transformation doch gleich gewährt. Vielleicht ist es uns nur wie ein Augenblick vorgekommen, aber in Wahrheit hat es Jahre gedauert. Wir waren in unserem vorigen Leben doch viel älter. Erinnerst du dich nicht an einige Wehwehchen und Falten?"

„Das könnte schon sein", sagte Tamara, „aber die Vergangenheit ist meiner Erinnerung so flüchtig wie ein Traum. Einsteins Relativitätstheorie über Zeit und Raum wird dieses Jahr mehr als 100 Jahre alt. Seine Forschungen begann er über die Lichtgeschwindigkeit und sagte, dass sie immer gleich ist.

Aber es gibt eben den Effekt, dass eine Uhr in einem stärkeren Gravitationsfeld langsamer läuft als in einem schwächeren.

So vergeht die Zeit im fernen gravitationsfreien Weltraum schneller als auf der Erdoberfläche."

„Die Theorie ist schwer begreiflich und hat auch einige Kritiker", sagte Tom, „dieses Rätsel können wir vor dem Frühstück sicher nicht lösen. Lass uns in die Küche gehen, und ich verwöhne dich mit deinem Lieblingsfrühstück!"

Kapitel 28

Eine Überraschung

Nach dem Frühstück ging Tamara zum Briefkasten. Darin lag die Tageszeitung und zwei Briefe: eine Rechnung und ein Brief mit französischer Briefmarke. Tamara eilte ins Haus, und sie schlossen Wetten ab, wer geschrieben hatte, die Freunde aus dem Elsass oder vielleicht sogar Pjotr aus La Rochelle? Schnell wurde der Umschlag aufgerissen, und sie sahen eine außergewöhnlich schöne unbekannte Handschrift. Der Brief kam tatsächlich von Pjotr! Tom las ihn laut vor:

„Liebe Freunde,

Wladimir und ich hoffen, dass ihr gesund seid, und es euch gut geht.

Inzwischen ist einiges in La Rochelle geschehen.

Zwei Tage nach eurer Abfahrt ist an meinem Strandabschnitt eine weibliche Leiche angetrieben worden. Es handelt sich um eine junge Frau namens Katharina Petrowska, eine Hotelfachfrau aus St. Petersburg. Sie arbeitete im größten Hotel von La Rochelle und wurde vermutlich ermordet. Ihr Körper wies zahlreiche Verletzungen und blaue Flecken auf. Kommissar Maurice Merlot, ein Freund von mir, hält mich auf dem Laufenden. Ich unterstütze ihn des Öfteren, falls nötig.

Fast eine Woche später ist eine weitere Frauenleiche aufgetaucht. Sie wurde wieder am Strand gefunden, allerdings zehn Kilometer vom ersten Fundort entfernt. Es handelt sich ebenfalls um eine Hotelangestellte. Sie heißt Anna Aksenov und ist in Moskau geboren. Sie hat fast das gleiche Alter wie Katharina und jetzt kommt der Clou: Sie arbeitete vorher im „Excellent Hotel" in Karlsruhe.

Maurice meint, dass die Morde mit den Hotels in Verbindung stehen und hat mich gebeten, mich im „Excellent Hotel" in Karlsruhe einzumieten und der Hotelleitung und den Angestellten auf die Finger zu sehen. Diesen Wunsch erfülle ich ihm sehr gerne, denn so habe ich Gelegenheit euch, meine lieben Freunde, wiederzusehen. Schreibt mir eine App, ob ihr Zeit habt. Ich würde nächste Woche am Montag anreisen und wahrscheinlich zwei Wochen bleiben. Wladimir kommt mit, der Hoteldirektor hat nichts dagegen.

Herzliche Grüße

Pjotr und Wladimir."

Kapitel 29

Aufregung beim Cats Club

Hocherfreut schickten Tamara und Tom Pjotr eine WhatsApp Nachricht und wünschten ihm und Wladimir eine staufreie Anreise. Pjotr antwortete sofort und schrieb, dass Wladimir der beste Beifahrer aller Zeiten sei, da er nicht bei rasender Fahrt wie sein Vorgänger zu maunzen beginnt, sondern er schnurrt, je schneller er fährt.

Tamara sagte zu Tom: „Das ist schon wieder ein unglaublicher Zufall, das Pjotr ein Karlsruher Hotel observieren soll. Zumal wir uns jeden Mittwoch an dieser Hotelbar mit unserem Stammtisch treffen. Wenn wir übermorgen dort sind, werden wir den Barkeeper bezüglich der ermordeten Angestellten vorsichtig befragen. Vielleicht können wir Pjotr die Recherche erleichtern."

„Gute Idee! Das machen wir. Hast du schon Pläne für heute Nacht gemacht?" Tamara schmunzelte: „Die Menschen haben mittwochs einen Stammtisch und die Katzen haben die ganze Woche nachts Ausgang. Lass uns zum See marschieren und Beaubu und seine Freunde besuchen. Wir fragen mal nach, ob wir nächste Woche unseren Besucher mitbringen dürfen."

Kaum war der zwölfte Schlag der Pendeluhr ertönt, machten sich Tamara und Tom auf den Weg. Heute Nacht war Vollmond, und die beiden kamen gut voran.

Alle Mitglieder des Cats Clubs waren versammelt. Sie hörten schon von weitem laute, aufgeregte Stimmen. Sie erkundigten sich nach dem Grund der Unruhe und erfuhren, dass am Wochenende ein junges Paar mit einem Pitt Bull in das alte Haus, das ein Jahr leer gestanden war, eingezogen war. Die meisten Katzen mussten, wenn sie zum Treffpunkt wollten, an ihm vorbei. Der Pitt Bull war ein sehr bösartiges Tier, das Sokrates, der in philosophischer Betrachtung vertieft das zum Haus gehörende Gelände überquerte, fast gebissen hätte, wäre er im letzten Moment nicht über den Gartenzaun gesprungen und abgehauen.

Schnucki, der Raufbold, schlug vor, dass sie sich zu dritt einmal abends an das Haus heranschleichen und den Adrenalinjunkie versohlen. Es wurde abgestimmt und drei Freiwillige meldeten sich, natürlich die Stärksten.

Kapitel 30

Elios Bar

Der Mittwochabend kam, und Tamara und Tom wählten ihre Garderobe mit Bedacht, ging es doch zu dem bekanntesten Barkeeper von Karlsruhe in Elios Bar. Dort herrschte eine gepflegte Atmosphäre. Alle paar Monate erschienen in der Tageszeitung Fotos und Berichte seiner Ehrungen.

Nachdem alle Freunde und Bekannte begrüßt waren, genossen die beiden ihren Lieblingscocktail, einen Moquito. Tamara fragte: „Das hübsche Mädchen, das neulich ein paarmal an der Bar mitarbeitete, sieht man gar nicht mehr."

Elio antwortete: „Das ist eine ganz merkwürdige Geschichte. Eines Abends kamen zwei Männer an die Bar, die mit Anna flirteten und meinten, dass sie hier viel zu wenig Geld verdienen würde. Sie hätten ein großes Hotel in Frankreich mit einer chicen Bar, für die sie eine Barkeeperin suchten. Sie flüsterten ihr die Höhe ihres künftigen Gehalts, falls sie in ihrer Hotelbar arbeiten würde, so leise ins Ohr, dass ich nichts verstanden habe. Aber sie war wohl begeistert. denn ihre Augen wurden immer größer und in ihrem Gesicht erkannte ich Freude.

Anna hatte ein kleines Zimmer im Hotel, in dem sie schlief. Am nächsten Morgen hätte sie im Frühstücksraum die Hotelgäste bedienen müssen. Sie erschien nicht und eine andere Bedienung wurde schnellstens organisiert. Später ging der Hotelmanager zu ihrem Zimmer und öffnete die Türe, nachdem sie auf lautes Rufen und an die Türe pochen nicht reagiert hatte, mit einem Generalschlüssel. Er stellte fest, dass sie und ihr Koffer verschwunden waren. Auch die zwei Männer waren schon abgereist. Ob die Hotelleitung ihr Verschwinden der Polizei gemeldet hat, weiß ich nicht."

Jetzt kam Tom in die Gänge: „Erinnerst du dich noch an das Aussehen der zwei Männer? Könntest du sie beschreiben?

„Ja", sagte Elio, „das könnte ich, denn sie waren mir auf den ersten Blick unsympathisch. Außerdem sind Barkeeper, das wisst ihr ja, stets gute Beobachter und meist noch Psychiater oder Beichtvater. „Die beiden waren zwischen 40 und 45 Jahre alt. Der eine war etwa 1,70 der andere 1,80 Meter groß. Der größere hatte schwarze Haare und dunkle Augen. Er war ganz in schwarz gekleidet. Der kleinere hatte gekräuselte rote Haare und trug einen roten Pullover zu einer ebenfalls schwarzen Hose. Sie sprachen ziemlich gut Deutsch, doch sie hatten andauernd etwas zu tuscheln, das kein anderer hören sollte. Das machte sie mir unangenehm. Sie konnten mir auch nicht in die Augen schauen, ihr Blick war irgendwie unstet."

Tamara bewunderte sein gutes Gedächtnis und sagte, weil sie das Thema ohne Pjotr nicht vertiefen wollte: „Wir hören bestimmt wieder etwas von Anna oder über sie. Berichte uns doch bitte etwas über den Cocktailwettbewerb von letzter Woche." Elio strahlte über das ganze Gesicht: „Was vermutet ihr?"

Tom antwortete: „Wir wissen aus eigener Erfahrung, dass du der Beste bist. Du bist wieder der Sieger des Cocktailwettbewerbs!" Tamara meinte: „So ist es. Dein freudiges Lächeln hat uns bereits die Antwort gegeben."

Elio lachte: „Ich muss vorsichtiger werden. Ich versuche es in Zukunft mit einem Pokerface!"

Einer der Freunde begann einen Witz zu erzählen, und die gesamte Runde lachte herzhaft. Dem nächsten fiel eine gute Geschichte ein und so ging es rundum. Es wurde geprostet und gelacht und als sich Mitternacht näherte, löste sich die Gruppe auf.

Elio spendierte jedem Gast noch ein Abschlussgetränk und erzählte einen typischen Barkeeperwitz: „Ein Mann geht in eine Bar und setzt sich an die Theke. Fragt der

Barkeeper: „Warum denn so traurig heute?" Sagt der Mann: „Meine Frau hat gesagt, sie will einen Monat lang nicht mit mir reden!" Sagt der Barkeeper: „Das ist doch nicht schlimm. Diese Zeit geht auch vorbei." Antwortet der Mann: „Ja, heute!"

Doch kaum waren Tamara und Tom zuhause, rekonstruierten sie das Gespräch mit Elio über die zwei Männer und Tamara fertigte zwei Personenbeschreibungen an.

Kapitel 31

Witzig, witzig!

Als Tamara und Tom nach Mitternacht zum Cats Club kamen, herrschte wieder gute Stimmung. Von weitem hörten sie fröhliches Miauen, das sich ein wenig wie menschliches Gelächter anhörte.

Schnucki, Casanova und Ralf gaben sich mit der linken Pfote den Verschwörergruß.

„Das hat gesessen!" sagte Schnucki, „habt ihr gesehen, wie der Zombieköter mit eingezogenem Schwanz zur Haustür gerannt ist um hinein zu dürfen. Die kleine Abreibung wird er nicht vergessen! Der belästigt keinen mehr vom Cats Club. Da kann selbst Sokrates wieder über das Gelände laufen!"

„Nur in eurer Begleitung. Aber „Hut ab" vor eurem gelungenes Manöver!" sagte Sokrates.

In dieser Nacht wurden viele Geschichten und Witze über Hunde erzählt.

Casanova fragte: Was macht man mit einem Hund ohne Beine? Um die Häuser ziehen!"

Sokrates erzählte einen philosophischen Hundewitz: „Nachts stehen drei Hunde im Garten. Sagt der Erste: „Wau." Sagt der Zweite "Wau." Sagte der Dritte: „Wau, wau, wau." Der Erste zieht einen Revolver und erschießt den Dritten. Fragt der Zweite: „Warum hast du das getan?" Darauf der Erste: „Er wusste zu viel!"

Ralf, mit einer Vorliebe für Frankreich, fragte: „Was heißt Hund auf Französisch? Labello!"

Casanova, ein Charmeur und wortreicher Schmeichler, fragte: „Warum gehen Kätzinnen so gerne ins Fitnessstudio?" Keiner wusste die Antwort. Casanova erklärte: „Im Fitnessstudio kriegen sie einen Muskelkater!"

So ging es die ganze Nacht, bis Tamara und Tom merkten, dass es bereits fünf Uhr war, und sie sich hastig auf den Heimweg machten. Hätten sie den richtigen Zeitpunkt verpasst, wäre es „Schluss mit lustig!" gewesen.

Kapitel 32

Der Besuch kommt an

Am Montag gegen 10.30 Uhr waren Tamara und Tom gerade im Garten und hatten das viele Laub des Nussbaums zu einem großen Hügel zusammengerechelt, als sie das sonore Brummen des edlen Rolls Royce hörten. Pjotr parkte gerade vor der Garage ein.

Sie eilten zur Tür, und begrüßten Pjotr und Wladimir sehr herzlich. Sie hatten eine gute Fahrt ohne Stau gehabt und waren frisch und munter.

Im Wintergarten servierte Tamara Cappuccino und frische Croissants.

Dann berichtete Pjotr von den Ermittlungen der spanischen und französischen Polizei. Tamara und Tom konnten mit ihren Informationen, die sie in Elios Bar erfahren hatten, angeben und Tamara fragte, ob Pjotr Bilder der zwei ermordeten Frauen dabeihabe. Dies bejahte er.

Tamara schlug vor, noch heute Abend in Elios Bar zu gehen und ihm das Foto von Anna Aksenov zu zeigen. Sie war ziemlich sicher, dass sie das gesuchte zweite Mädchen ist, das ermordet worden war.

Pjotr sagte: „Das ist eine gute Idee, aber vorher lade ich euch in das beste Restaurant der Stadt ein",

„Das wird schwierig, meinte Tom, „denn es gibt einige gute Lokale in Karlsruhe und Umgebung." „Fangen wir einfach mit eurem Lieblingslokal an und testen jeden Tag ein anderes", sagte Pjotr. „Aber jetzt fahren wir gleich mal ins Excellent Hotel, quartieren uns ein, duschen und halten ein kleines Schläfchen. Wladimir fallen nämlich schon die Augen zu."

Tom sagte: „Heute sind wir die Gastgeber. Wenn es dir recht ist, holen wir euch gegen 18 Uhr im Hotel ab und fahren nach Eggenstein-Leopoldshafen. Dann brauchst du heute nicht nochmal hinters Lenkrad und der Rolls steht in der Hotelgarage sicher, denn sie ist videoüberwacht."

„Super Idee! Wir erwarten euch um 18 Uhr. Darf Wladimir mit ins Lokal?" fragte Pjotr. „Ich frage nachher gleich die Wirtsleute. Hunde dürfen nicht mitkommen, das weiß ich. ‚Hund' und ‚Katz', nie am gleichen Platz!" wahrscheinlich bekomme ich eine Ausnahmegenehmigung, wir sind ja treue Gäste. Ich informiere dich über WhatsApp.

Und schon schwebte das schöne Auto davon und Tamara und Tom widmeten sich wieder der Gartenarbeit.

Kapitel 33

Ein schöner Abend

Pünktlich holten Tamara und Tom Pjotr und Wladimir ab, denn auch dieser dufte mitkommen. Die Wirtsleute begrüßten sie und die ihnen unbekannten Gäste. Sie staunten wie geduldig Wladimir auf seinem Stuhl saß. Nur wenn seine Tischgenossen ihn etwas fragten, antwortete er mit einem „Miau", wenn er ja meinte und mit zwei „Miau", wenn er nein sagte. Pjotr fragte ihn: „Willst du wieder Räucherlachs mit Kräutern?" Natürlich war eine freudiges „Miau" die Antwort.

Als jeder sein Wunschessen bekommen hatte, schnitt ihm Pjotr den Lachs in kleine Streifen und so konnte er mit seiner scharfen Krallentatze die Streifen, vom Teller erhaschen, ohne dass einer zu Boden fiel.

Pjotr fragte nach ihren Katzen und Tom berichtete: „Sie sind im Cats Club Mitglied geworden und helfen den ganzen Tag dort mit. Spät in der Nacht kommen sie zurück, und wir müssten lange aufbleiben, wenn wir die Katzen sehen wollen. Sie haben in der Kellertüre eine Katzenklappe. So können sie kommen und gehen, wie sie wollen. Im Büro des Untergeschosses steht ein Sofa, darauf schlafen sie. Aber die Katzen richten Wladimir und dir viele Grüße aus und wollen morgen Nacht bei euch vorbeikommen, wenn ihr Zeit habt. Sie wollen euch den Cats Club und seine netten Mitglieder zeigen."

Pjotr sagte zu Wladimir: „Du gehst mit deinen Freunden alleine aus. Ich bleibe im Hotel und observiere das Personal und die Gäste.

Alle wandten sich ihrem Essen zu, und das Gespräch versiegte für kurze Zeit. Jedem hatte es äußerst gut gemundet. „Eine kleine Sünde", ein Espresso mit einer Kugel Eis war der krönende Abschluss.

Gut gestärkt ging es zurück zum „Excellent Hotel" und zu Elios Bar. Erfreut begrüßte Elio seine Freunde und ihre Freunde.

Pjotr bestellte eine Flasche russischen Krimsekt und Elio lobte seinen Geschmack. „Wenn man aus dieser Ecke stammt, ist das eine „Must-Have!" sagte Pjotr schmunzelnd. Als Elio etwas Zeit hatte, legte er ihm die Bilder der zwei ermordeten Mädchen vor und zwei Bilder von den Kerlen, die Tamara und Tom in den Keller gesperrt hatten. Elio sah sie sich lange an und meinte schließlich: „Das sind die zwei Männer, die Anna dazu überredeten, mit nach La Rochelle zu reisen, wo sie ihre Bar führen sollte. Das zweite Mädchen kenne ich nicht. Wer ist sie?

Pjotr sagte: „Das ist Katharina Petrowska, die wie Anna in La Rochelle als Wasserleiche angetrieben wurde. Beide waren im Hotelgewerbe beschäftigt gewesen."

Dann entschuldigte sich Pjotr kurz und ging ins Freie.

Tom reckte den Hals und sah, dass er telefonierte. „Sicherlich gibt er die neuen Informationen an die Polizei und seine Freunde weiter", dachte Tom.

Kapitel 34

Verdammt!

Als Pjotr wieder hereinkam, spürten Tamara und Tom seine Unruhe. Etwas hatte ihn sehr verärgert.

„Ist etwas passiert?" fragte Tamara. „Ja!" sagte Pjotr wütend, „die blöden Bullen von La Rochelle haben bei der Wachablösung nicht aufgepasst, und die zwei Kriminellen sind abgehauen. Da werden Köpfe rollen. Im Moment läuft die ganze Maschinerie an: sämtliche Kameras auf den Autobahnen werden automatisch nach den Autokennzeichen durchsucht, einige wenige haben auch schon Gesichtsfelderkennung. Im Moment ist die Gendarmerie Nationale mit dem EVSC, dem europäischen Satellitenzentrum im spanischen Torrejon in Verhandlung zur Genehmigung von Satellitenaufklärung in Echtzeit mit hoher Auflösung.

Für die Analyse und Auswertung ist der EAD, der Europäische Auswärtige Dienst zuständig. Die Daten werden in den beiden geheimdienstlichen EU-Lagezentren gesichert. Er kann auch Satelliten anderer Mitgliedsstaaten sichten.

Das SAR-Lupe wird von der Bundeswehr betrieben, während Franzosen, Italiener, Spanier, Belgier und Griechen das System Helios II mit Radarsatelliten benutzen. Die Bundeswehr entwickelt jetzt das Nachfolgesystem „Sarah" mit noch höherer Auflösung.

Die Regierungssatelliten sind aber nicht ausreichend vorhanden, so dass die Regierungen bei Privatfirmen einkaufen. Die Hauptanbieter sind GAF AG und die Infoterra GmbH, Ableger der größten europäischen Rüstungskonzerne.

So! Nun genug aus dem „Nähkästchen" geplaudert. Wir werden die Zwei sicherlich wieder finden. Vielleicht hat es auch sein Gutes, und wir kommen dadurch an die Hintermänner heran."

Kapitel 35

Wladimir beim Cats Club

Um ein Uhr hatten sie sich vor dem Excellent Hotel verabredet. Pjotr wartete mit Wladimir vor dem Hoteleingang und rauchte eine Zigarette. Pünktlich erschienen Tamara und Tom in Katzengestalt. Sie hatten schon einen ordentlichen Marsch von fünf Kilometer hinter sich. „Wie lange seid ihr gelaufen?" fragte Wladimir seine Freunde. „Etwa eine Stunde", antwortete Tom. „Wow! Das ist aber weit", sagte er. Pjotr sah, dass Wladimir ein sorgenvolles Gesicht machte und fragte ihn: „Soll ich euch zum Club fahren? Sonst seid ihr ja mehr am Wandern als am Tratschen!" Wladimir miaute einmal sehr erfreut, was „ja" bedeutete.

Pjotr holte den Rolls und lieferte sie in Hagsfeld ab. Dann fuhr er flott zurück, stellte den Rolls in die sichere Tiefgarage und ging an die Bar von Elio.

Es waren viele Gäste da und Elio stellte ihm die Freunde von Tamara und Tom vor: Heike und Manfredo, Thomasso mit Edelzigarre, Doro aus der Pfalz, Ivo, der „geile Schwede", seine Freundin Marianne, Jürgen, der Zahnarzt, der sich im Selbstversuch einen Zahn ohne Schmerzmittel ziehen ließ, und Bernd, genannt der

Brennstab, der im ehemaligen Kernforschungszentrum arbeitete.

Pjotr erfuhr, dass sie sich meist in den frühen Abendstunden trafen. „Komisch!" dachte er. Im Cats Club war vorhin die „Hölle" los. Ein Mitglied hatte frischen Baldrian mitgebracht. Er wirkte bei den Katzen wie Haschisch bei Menschen. Sie miauten und hüpften herum, spielten Verstecken und Wladimir, der etwas älter als die anderen war, machte alles mit. „Wie soll ich nachher nur heimkommen", dachte er, „wenn ich mich jetzt so verausgabe."

Schließlich wurde die gesamte Truppe müde, und sie setzten sich hinter die Veranda des Anglerheims, direkt vor die Glaswand des Versammlungszimmers, die eine angenehme Wärme abgab.

Um fünf Uhr sagten Tamara und Tom, das sie jetzt nach Hause gehen müssten, denn ihre Zweibeiner seien was Pünktlichkeit angeht, sehr genau. „Genau wie Pjotr", sagte Wladimir. Er wird auch stinksauer, wenn ich mich mal verspäte. Was meint ihr, sind alle Menschen solche Pünktlichkeitsfanatiker? Deshalb passen die Drei auch so gut zusammen.

Tom antwortete: „Unsere Freunde sagen bei passender Gelegenheit immer „Pünktlichkeit ist die Höflichkeit der

Könige!" Da die beiden viele wichtige Entscheidungen zu treffen haben und diverse Aufgaben um „Haus und Hof" muss ihr Tag gut durchstrukturiert sein. Da brauchen sie schon einen exakten Zeitplan ohne Leerzeiten wie unnötiges Warten. Nur die guten Menschen sind so. Man kann ihnen vertrauen. Sie wechseln nicht ständig ihre Meinung und behandeln Mensch und Tier mit Respekt. Sie schlagen uns Katzen nicht. Immer bekommen wir gutes Futter und ein warmes Plätzchen. Meist sind es sehr kreative Menschen wie Autoren oder Maler."

„Eigentlich habt ihr recht, also lasst uns aufbrechen", sagte Wladimir. „Ich werde euch ein Stück begleiten. Jetzt habt ihr es näher als ich. Tom, gibst du mir noch eine gute Wegbeschreibung zum Hotel? Doch eine Frage geistert mir noch im Kopf herum. Warum haben euch Tamara und Tom die gleichen Namen gegeben, die sie haben?"

Jetzt war eine intelligente Antwort vonnöten. Beide schauten gen Himmel und beteten „Herr, lass Hirn vom Himmel fallen!" Mehrere Möglichkeiten flitzten durch ihre Hirne so schnell wie eine Katze nach einer Maus springt.

Es waren Sätze wie „Das wissen wir selbst nicht!", „sie meinen, dass wir ihnen so ähnlich sind wie Zwillinge", oder „ihnen sind keine anderen Namen eingefallen." Da sagte Tom: „Das ist Tradition in der Familie. Es ist fast wie in Schottland, wo der Sohn von „Stephen" „Stephenson" heißt. Das bedeutet, dass sie uns lieben wie ihre Kinder!"

„Wow! So hat mit das noch keiner erklärt. Ich muss direkt mal Pjotr fragen, ob er mehrere Vornamen hat oder sein Vater Wladimir heißt."

Beim Hintereingang des Hauses von Tamara und Tom verabschiedeten sie sich. Wladimir lief mit einer präzisen Route nach Hause.

Ziemlich schlapp schlich er sich den Feuerwehrnotausgang hinauf, sprang auf Pjotrs Balkon, ging durch die einen Spalt geöffnete Balkontüre hindurch und legte sich in seinen Katzenkorb.

Kapitel 36

Einladung ans Schwarze Meer

Am nächsten Mittag trafen sich Pjotr, Tom und Tamara noch einmal zum Mittagessen. Sie fuhren Richtung Pforzheim, wo Tamara und Tom einen Landgasthof mit guter Küche entdeckt hatten.

Heute war Pjotr bester Laune, denn sein Freund von der OMON hatte ihm Bescheid gegeben, dass die zwei Verbrecher auf der Autobahn zur Halbinsel Krim am Schwarzen Meer gesichtet worden waren. Pjotr sagte: „Ich muss zurück nach Russland, denn die Verbrecher sind über Satelliten erkannt worden. Ich habe eine wunderschöne Datscha am Schwarzen Meer. Sie ist so groß, dass ihr gut bei mir und Wladimir wohnen könnt. Das Haus ist ähnlich gebaut wie das in Frankreich: eine Hauptwohnung und eine kleinere Einliegerwohnung.
Das Schwarze Meer ist ein wunderbares Urlaubsgebiet. Das Binnenmeer ist zwischen Südosteuropa und Vorderasien gelegen und über den Bosporus und die Dardanellen mit dem östlichen Mittelmeer verbunden. Es hat eine Fläche von 436.000 Quadratkilometer, und die tiefste Stelle ist über 2000 Meter tief.

Viele Menschen haben Angst vor dem Schwarzen Meer. Sie denken, es ist gefährlich dort zu schwimmen: Man geht weiß hinein und kommt schwarz heraus. Doch der Name „Schwarzes Meer" hat zwei Bedeutungen: Die erste Erklärung ist, dass die schwarze Färbung des Wassers vor allem im Sediment sichtbar ist. Sulfatreduzierende Bakterien verbinden sich mit Schwefelwasserstoff aus Sulfat. Zusammen mit Eisenionen bilden sich die Eisensulfide.

Die zweite Erklärung ist, dass in der Antike die Himmelsrichtungen in Farben angegeben wurden. Schwarz steht für Norden wie Rot für Süden.

Meine Datscha liegt direkt in Sotschi, dem Austragungsort der Olympischen Winterspiele 2014. Wir haben wunderschöne Grünanlagen.

Interessant im Winter ist der vor den Toren der Stadt liegende Sotschier Nationalpark, ein fast 2000 Quadratkilometer großes Gebiet im Kaukasus mit dem bekannten Skigebiet „Krasnaj Paljana". Dort mache ich jedes Jahr Winterurlaub und fahre Ski.

Der Bürgermeister Anatoli Nikolajewitsch ist einer meiner besten Freunde. Mit seinen Söhnen und deren Freunden machen wir stets Skiwettrennen.

So, jetzt habe ich euch genügend vorgeschwärmt. Ihr könntet einen wunderbaren Urlaub an der russischen Riviera bei milden Temperaturen verbringen, schwimmen und segeln gehen und bei der Festnahme der Verbrecher, die euch so übel mitgespielt haben, dabei sein. Schlägt ihr ein?"

Tamara und Tom schauten sich schwärmerisch in die Augen. Tom ergriff als Erster das Wort: „Pjotr, das ist ein tolles Angebot! Du bist sehr, sehr großzügig. Aber da wir zuhause ebenfalls mit einigen Projekten im zeitlichen Hintertreffen sind, prüfen wir heute Abend die Einträge in unseren Terminplaner, und diskutieren, ob es machbar wäre. Morgen früh sagen wir dir Bescheid.

Nachdem Tamara und Tom gegen 23 Uhr ins Bett gegangen waren, diskutierten sie über Pjotrs Einladung. Tamara schwärmte: „Ich habe einige Bücher von russischen und deutschen Autoren gelesen, zum Beispiel von Martina Sahler den Roman „Die Stadt des Zaren." Er gilt als einer der großen St. Petersburg-Romane. Besonders imponiert haben mir jedoch die Erzählungen unseres Freundes Waldemar, der dort ebenfalls ein Haus in den Bergen hat. Erinnerst du dich? Er hat sogar Bilder und Videos von den Olympischen Spielen und den Formel 1 Autorennen geschickt.

Tom bremste ihre Abenteuerlust: „Wenn wir wieder bei Pjotr übernachten, musst du anfangen, soviel wie eine richtige Katze zu schlafen, denn es empfiehlt sich nicht, dort nachts herumzuschleichen. Möchtest du das?"

Tamara meinte: „Einen einzigen Nachtausflug könnten wir unternehmen!"

Doch Tom blieb hart: „Nein, das ist zu gefährlich. Du musst diese Bedingung akzeptieren, oder wir bleiben zuhause. Gute Nacht, Tamara. Schlafe gut, denn gleich werden wir zu Katzen."

Kaum hatten sie sich auf die andere Körperseite gedreht, verwandelten sie sich.

Kapitel 37

Die Reise nach Sotschi

Gleich nach ihrer Transformation wachten sie um 6 Uhr auf.

Tom sagte zu Tamara: „Gilt das, was du gestern Abend versprochen hast?"

Tamara nickte: „Ja, aber wir fliegen erst in drei Wochen nach Russland. Wenn alles erledigt ist, starten wir von Frankfurt nach Moskau. Dort steigen wir um und fliegen nach Sotschi weiter. Wir können auch über St. Petersburg fliegen. Doch mit mindestens sieben Flugstunden ist zu rechnen."

Drei Wochen später landeten sie nach dem Umsteigen in Moskau auf dem Flughafen des Ortes Adler, der seit 1961 zum Stadtgebiet Sotschis zählt. Sie nahmen ein Taxi, das zum 28 Kilometer entfernten Stadtgebiet fuhr.

Die „Perle am Schwarzen Meer" wurde vom Taxifahrer in den höchsten Tönen gelobt, und er hätte ihnen gerne die St. Michaels Kathedrale und das Wintertheater gezeigt. Doch Tamara und Tom baten ihn, sie direkt zu der Ulitza Ordzhonikadze nahe des Hyalt Regency zu fahren, in dessen Nachbarschaft Pjotr wohnte.

Etwas enttäuscht wegen der gekürzten Taxieinnahmen brachte er sie schließlich nach einer Viertelstunde vor Pjotrs Datscha.

Die Begrüßung von Pjotr und Wladimir, der in den höchsten Tönen schnurrte, war sehr herzlich. Bei Kaffee und Kuchen berichtete Pjotr seinen Freunden über die Ermittlungen zu Señor Ruiz und Gonzales:

„Sie haben eindeutig Kontakt zur Russenmafia. Diese „Diebe im Gesetz", eine Bruderschaft, die in den 30er Jahren in Stalins Arbeitslagern entstand, auch EOK, russisch-eurasische organisierte Kriminalität genannt, verursacht Schäden in Milliardenhöhe.

Unbemerkt von der Öffentlichkeit haben diese Gangsterbrigaden in Europa und hauptsächlich in Deutschland einen Spitzenplatz erobert. Sie bestehen aus Auftragsschlägern, Mördern, Exagenten russischer Geheimdienste oder ehemaligen Elitesoldaten. Ihre „Geschäftsbereiche" sind aufgeteilt in Autoschieberei, Prostitution, Raub und Einbruch, Menschen-, Drogen- und Waffenhandel.

Ruiz und Gonzales sind fast noch die Harmloseren dieser Bande. Doch sie haben uns etwas sehr Gutes gebracht. Wir haben jetzt den Stützpunkt der Drahtzieher herausgefunden, da wir sie unauffällig verfolgen konnten. Mein Freund von der OMON will morgen zugreifen. Sie haben sich ganz in der Nähe versteckt. Ihr Quartier ist auf der Halbinsel Krim.

Wollt ihr morgen dabei sein?"

„Ja", antworteten Tamara und Tom mit Begeisterung in der Stimme.

Kapitel 38

Auf der Halbinsel Krim

Pjotr begrüßte sie am Frühstückstisch und sagte: „Heute zerschlägt die OMON wieder eine gefährliche Organisation. Mein Freund, General Sergej, hat eine Einheit von 50 Männern mitgebracht. Wir warten auf ihn in Sewastopol in der Militärkaserne. Mal sehen, ob er auch Ruiz und Gonzales erwischt hat. Ich berichte euch noch einige Details zu der Halbinsel Krim und ihren geheimen Bauwerken, wenn wir auf der Autobahn sind. Die Autobahn war für Tamara und Tom, welche das Chaos der deutschen Autobahnen mit täglichen Staus und schweren Unfällen gewohnt waren, erfreulich leer. Pjotr konnte unbeschwert berichten: „Im Südwesten der Krim gibt es einen unterirdischen Bunker für die Atom-U-Boote der Schwarzmeerflotte. Die Bucht von Balaklawa blieb bis 1993, dem Zeitpunkt, als die Ukraine bereits ein souveräner Staat war, hermetisch abgeriegelt.

Vom offenen Meer konnte man sie nicht einsehen. Die Ortsansässigen wussten nichts über den Bau, denn der Aushub wurde im Schwarzen Meer verklappt. Die Arbeiten begannen 1957 und wurden 1961 beendet.

Von der Bucht von Balaklawa fuhren die U-Boote in die getarnte Einfahrt des Bunkers über einen 600 Meter langen Kanal, der 12-22 Meter breit und acht Meter tief war. Die U-Boote wurden repariert, gewartet und verließen den Bunker auf der gegenüberliegenden Seite des Berges Tawros.

Die unterirdische fünfstöckige, atomsichere Anlage, die in der Zeit des „Kalten Krieges" gebaut wurde und Räume für Wachmannschaften, ein Waffenlager für Kalaschnikoffs, Wohn- und Lagerräume, eine Kommandozentrale sowie einen eigenen Reaktor enthielt ist seit 23 Jahren ungenutzt. Viele Verbrecherbanden hatten sich in diesen Jahren schon dort versteckt."

Kapitel 39

In der Militärkaserne in Sewastopol

Nach fünf Stunden Fahrt auf der Autobahn erreichten sie Sewasttopol und fuhren zum Stützpunkt der russischen Marine und der Schwarzmeerflotte.

Dort gingen sie zunächst ins Casino und stärkten sich mit Kaffee und Kuchen.

Kurz darauf hörten sie, dass mehrere Fahrzeuge in den Hof fuhren. Pjotr eilte zum Fenster und rief erfreut: „Sergej ist zurück! Er hat eine Menge Autos dabei, das heißt, er hat wohl einige der Bande verhaften können." Auch Tamara und Tom standen auf und schauten in den Hof. Russische Polizisten geleiteten mindestens zwei Dutzend Männer in Handschellen zu den Arresträumen. Sergej schaute nach oben, erkannte Pjotr und winkte ihm. Tamara stieß einen spitzen Schrei aus: „Schaut, rechts bei dem großen Mannschaftsbus stehen Gonzales und Ruiz!"

Pjotr sagte: „Sobald Sergej bei uns ist, sage ich ihm, dass er die zwei zuerst verhören soll. Wir werden dem Verhör beiwohnen, falls die beiden an Gedächtnisverlust leiden. Danach düsen wir gleich ab nach Hause.

Wenige Minuten später standen General Sergej und sein Adjudant vor ihnen, zwei beeindruckende Männer mit einer Größe von über zwei Meter.

Sie begrüßten sich auf russische Weise mit einem Bruderkuss und unterhielten sich. Tamara und Tom verstanden nichts, da die beiden russisch sprachen. Aber den Gesten nach zu urteilen, war der Einsatz positiv verlaufen.

Danach stellte er Tamara und Tom vor.

Sie begrüßten Tamara und Tom mit einer Mischung aus sympathetischem Charme und Ehrdarbietung. Sergej griff zum Telefon und befahl, Ruiz und Gonzales sofort in das Verhörzimmer Nummer 13 zu bringen. Anscheinend hatte Pjotr ihm gesagt, dass sie heute noch eine längere Fahrt nach Sotschi vor sich hatten.

Pjotr, Tamara und Tom folgten ihm ein Stockwerk tiefer.

Sie saßen zunächst hinter einer Glaswand, die von innen verspiegelt war, das heißt, sie wurden von Ruiz und Gonzales nicht gesehen.
Der Agent befragte sie auf Englisch. So konnten alle das Gespräch verstehen.

Nach der Befragung, die aufgenommen und abgetippt worden war, bat der Agent, alle ins Verhörzimmer zu kommen. Ruiz und Gomez rissen die Augen auf, als sie Tamara und Tom sahen. Sie konnten es nicht glauben, dass diese Zwei solche Kontakte hatten.

Auf Spanisch warfen sie sich Schimpfworte zu und bereuten sicherlich, Tamara und Tom für die Immobilienabzocke samt der nächtlichen Festsetzung im Keller ausgewählt zu haben.

Tamara, die ein wenig Spanisch sprach, verstand, was Gonzales zu Ruiz sagte: „Aus diesem Schlamassel kommen wir nicht heraus. Die einzige Lösung ist, alles zuzugeben und ihnen gegen unsere Freilassung die Bosse zu nennen. Denke gut nach!"

Schließlich knurrte Ruit zurück: „Aber nur gegen unsere Freiheit!"

Tamara und Tom berichteten kurz über die Vorfälle in Spanien und Pjotr über die zwei Morde in Frankreich.

Sergej versprach am nächsten Tag nach Sotschi zu kommen und weitere Details zu berichten, die nach Auswertung der Verhöre sicherlich noch auftauchen würden. Wie ein Wirbelwind verließen die Drei das militärische Gelände, liefen zu Pjotrs Rolls Royce und dieser gab Feuer.

Um 23 Uhr waren sie zuhause. Sie tranken noch einen besonders guten Rotwein zusammen, den Tamara und Tom aus Deutschland mitgebracht hatten. Es war ein wunderbarer „Marco Bonfante", den ihnen Sebastian aus Neureut zu Weihnachten geschenkt hatte.

Kapitel 40

Besuch aus Sewastopol

Am nächsten Tag kam Sergej erst zur Nachmittagszeit zu Pjotr. Den gesamten Morgen hatten sie die Verhörprotokolle ausgewertet, und die Bucht von Balaklawa sowie die unterirdischen Verstecke abgesucht.

Zwei U-Boote, welche die Mafiosi für Engpässe hatten reparieren lassen, waren verschwunden.

Über den 600 Meter langen Kanal waren die U-Boote über das Schwarze Meer, das über den Bosporus und die Dardanellen mit dem östlichen Mittelmeer verbunden ist, geflüchtet.

Sergej berichtete: „Diese beiden Bosse, Pawlo und Wolkow, die sich um die Bereiche Prostitution und Drogen kümmern, waren von Ruiz und Gonzales unterstützt worden. Sie sind indirekt für die Morde an Katharina und Anna verantwortlich. Die jungen Frauen wurden von Ruiz und Gonzales mit dem Versprechen auf ein sehr gutes Einkommen zu den Nobelhotels gelockt. Sie sollten dort führende Stellen in der Hotelleitung oder als Cocktailchefin der Bar übernehmen. Die Wahrheit aber war, dass sie sich zusätzlich für männliche Hotelgäste prostituieren mussten. Mit Gewalt versuchten Ruiz und

Gonzales sie gefügig zu machen. Das haben sie schon mit einem Dutzend Frauen versucht. In den Fällen, wo dies nicht gelang, wurden die Frauen ermordet. Pawlow und Wolkow kümmerten sich stets selbst um die Morde. Sie wollten keine Mitwisser haben, und das Töten machte ihnen Spaß. Leider sind diese beiden entwischt. Wir werden ihnen aber mit Hilfe von Ruiz und Gonzales auf die Spur kommen. Die gute Nachricht ist: Die beiden anderen Bosse für Wirtschaftskriminalität, Beljajew, Spitzname Blondie, ein beeindruckender Kenner der russischen Wirtschaft und aalglatter Unternehmer sowie Komarow, Spitzname Stechmücke, ein Blutsauger par Exellence, wenn es um Schutzgelderpressung ging, sind in Haft. Ruiz und Gonzales haben Beweise für Straftaten aller Chefs. Ich werde Gonzales und Ruiz auf freien Fuß setzen. Es wird nicht lange dauern, bis sich ihre zwei geflüchteten Bosse mit ihnen in Verbindung setzen werden.

Was Ruit und Gonzales nicht wissen ist, dass sie während der Befragung betäubt wurden. Ein Sender ist im Rückenbereich unter die Haut implantiert worden. Sollten die Bosse Ruiz und Gonzales kontaktieren und zu sich beordern, weiß die OMON sofort die Verstecke der beiden."

Sergej betonte, dass Tamara und Tom vor ihnen keine Angst haben müssten. Die OMON wusste über jeden ihrer Schritte Bescheid. Trotzdem schaute Tamara Tom zweifelnd an. „Gibt es die totale Sicherheit durch Überwachung?" fragte sie ihn, als sie wieder alleine waren.

Kapitel 41

Finnischer Flammlachs

Sergej fuhr am Abend des gleichen Tages zurück zur Militärkaserne nach Sewastopol. Nach seiner Verabschiedung setzten sich die drei Freunde erneut an den Wohnzimmertisch. Pjotr hatte bemerkt, dass besonders Tamara etwas auf der Seele lastete.

Er fragte sie: „Ich glaube, ihr beide seid beunruhigt, dass die Bosse Pawlow und Wolkow sowie ihre Männer fürs Grobe, Ruiz und Gonzales, noch auf freiem Fuß sind." Tom antwortete: „Ich verstehe, dass Pjotr sie nicht festsetzt, da er hofft, dass die beiden ihn zu den Bossen führen. Aber es bleibt ein Gefühl der Gefahr und Unsicherheit. Wir würden in drei Tagen gerne nach Hause fliegen, Pjotr. Du informierst uns bestimmt, wenn es Neuigkeiten gibt!" Pjotr antwortete: „Solltet ihr in Gefahr kommen, bin ich schneller bei euch als der Wind!" Tamara und Tom lachten. Sie wussten, dass sie sich auf ihn verlassen konnten.

Pjotr klatschte in die Hände: „Ich freue mich schon aufs nächste Wiedersehen, obwohl ihr noch gar nicht weg seid. Wir haben morgen noch einen gemeinsamen Tag, den wir zusammen genießen wollen. Wollt ihr lieber das tolle Skigebiet ansehen oder in der Wärme bleiben?"

Tom antwortete: „Da in Deutschland schon die Kälte Einzug gehalten hat und noch mehr zu erwarten ist, wollen wie lieber am Schwarzen Meer bleiben. Stimmst du mir zu, Tamara?

„Auf jeden Fall, wir lieben den Sommer mehr als den Winter!" erwiderte Tamara.

Pjotr sagte: „Ich weiß, dass ihr große Naturliebhaber seid. Ich würde euch gerne den Nationalpark zeigen. Ich liebe diesen riesigen Park. Bergwälder machen seinen größten Teil aus. Hier gibt es die größten Sehenswürdigkeiten: Höhlen, Wasserfälle und Raubvögel. Mein Vorschlag wäre, dass wir uns die spektakulärsten Naturwunder in dieser Region anschauen und danach zu der warmen subtropischen Zone wandern.

„Das ist eine ganz tolle Idee!" sagten beide fast gleichzeitig.

Pjotr erinnerte sie daran, morgen Badesachen und Handtücher mitzunehmen, falls sie zum Schluss eine Schlauchboottour machen würden.

Dann fuhr Pjotr in die Stadt um noch einiges zu erledigen und Tamara und Tom genossen das Schwarze Meer und schwammen ein paar Mal um die Wette.

Pjotr kam um 18 Uhr zurück und trug ordentlich Proviant und anderes ins Haus. Kurz nach 18 Uhr kamen Tamara und Tom von einem Strandspaziergang zurück und sahen Pjotr von der Küche auf die Terrasse gehen. Er trug Teller und Getränke hinaus. Tamara und Tom fragten, ob sie ihm etwas helfen könnten. Er sagte: „Tamara, du würdest mir einen großen Gefallen tun, wenn du das Geschirr und die Gläser verteilen könntest, die bereits auf dem Tisch stehen." Pjotr hatte ein schwedisches Holzfeuer entzündet, das angenehme Wärme abgab. Auf dem Grill loderte geräuchertes Birkenholz, das später seine Geschmacksstoffe an das Grillgut abgeben sollte.

Tamara und Tom deckten den Tisch, während Pjotr noch in der Küche hantierte. Er brachte fast mannshohe Zedernholzbretter nach draußen, auf denen Lachsscheiben befestigt waren. Das auf dem Grill lodernde Holz füllte Pjotr in die Feuerschale und der Flammlachs wurde in die vorgesehenen Öffnungen der Feuerschale gesteckt. Nach ein bis eineinhalb Stunden war der Lachs gar und hatte eine schöne Kruste. Pjotr reichte Baguette, Salat und diverse Soßen dazu.

Es war für Tamara und Tom ein einzigartiges Geschmackserlebnis, denn beide hatten Lachs in dieser Form noch nie gegessen.

Tom fiel auf, dass Pjotr heute etwas melancholisch war und als Pjotr in die Küche ging um einen Wein zu holen, machte Tom Tamara darauf aufmerksam.

Tamara sagte: „Vielleicht ist er traurig, dass wir schon abreisen."

Da bemerkte sie, dass sein Kater Wladimir, der sonst meist zu seinen Füßen lag, heute gar nicht da war.

Sie nahmen sich vor, ihn zu fragen, wo er sei. Kurz darauf war Pjotr wieder da und Tamara fragte: „Wo ist denn Wladimir, wir haben ihn schon vermisst?" Pjotr antwortete: „Es ist mir vorhin auch aufgefallen. Vielleicht hat er noch einen Angeltag mehr eingelegt. Denn bei Vollmond und Neumond beißen die Fische am besten an.

Sie feierten bis kurz vor Mitternacht. Dann gingen sie zu Bett, denn ein Tag im riesigen Nationalpark konnte auch sehr anstrengend werden.

Kapitel 42

Im Nationalpark

Um acht Uhr am Morgen gab es Zavtrak, so heißt das typische Russische Frühstück, das sehr herzhaft ist. Es gab Kascha, einen russischen Milchbrei mit Buchweizen, Salz und Mohn und Blini, russische Pfannkuchen, mit Marmelade oder saurer Sahne, eine Wurst- Käseplatte, Bockwürste mit Bratkartoffeln und Rührei mit Schwarzbrot.

Als Tamara und Tom das Wohnzimmer betraten, begrüßten sie Pjotr und fragten, ob die Militäreinheit aus Sewastopol auch noch zum Frühstück käme.

Pjotr lachte und antwortete: „Das ist alles für uns, wir müssen heute lange Strecken wandern, da braucht man Kraft dafür. Denkt auch an gut eingelaufene Wanderschuhe. Beim letzten Besuch des Nationalparks hatte ich hinterher eine Riesenblase, weil die Schuhe zu neu waren."

Nach dem Frühstück packte jeder seinen Rucksack mit Proviant und Wasser und nach dem Umziehen ging es los.

Pjotr fuhr zu einem Parkplatz in der Nähe der Akhtyrshskaja Höhle, die mit Petroglyphen*1 geschmückt ist.

Sie wanderten in kurzer Zeit hin und waren froh, auch Wanderjacken dabei zu haben, denn in der Höhle war es 10 Grad kälter als außen. Doch die Höhle war wunderbar. Sie wanderten entlang eines kleinen Sees und bewunderten die prähistorischen*2 Felsbilder. Dann ging es weiter zur 12 Kilometer langen Vorontsovskaya Höhle, in der bei Ausgrabungen Kunsterzeugnisse aus den verschiedensten Perioden seit der Besiedelung von vor 400 000 Jahren gefunden wurden. Auch der Name der Stadt Sotchi kommt aus dem Altertum. Procopius von Caesual gab ihr den Namen.

Schließlich führte Pjotr die beiden noch zu dem etwa 30 Meter hohen Wasserfall Orekhovsky. Tamara und Tom waren sehr beeindruckt, denn das Wasser stürzte fast senkrecht die Felsen hinab und bildete einen sehr kleinen dreieckigen See, dessen Wasser talabwärts floss.

Nach diesen beeindruckenden Naturwundern wanderten sie talabwärts. Mit jedem Höhenabschnitt wurde es wärmer. Schöne Blumen und Palmen säumten ihren Weg und schließlich waren sie am Schwarzen Meer.

*1Petroglyphen sind in Stein gehauene Felsbilder aus prähistorischer Zeit

Pjotr wusste, dass sich ganz in der Nähe die Schlauchboottourvermittlung befand.

Nach ein paar Metern waren sie dort. Sie bekamen noch drei Plätze, in dem schon ziemlich gut besetzten Boot, das Platz für dreißig Personen hatte. Eine extrem hohe Welle brandete ans Ufer und brachte das Boot zum Schaukeln. Fast wäre die ganze Mannschaft ins Meer gefallen. Das Boot war bis auf Tamara und Tom mit russischen Touristen besetzt und man hörte sowohl Flüche wie auch göttliche Bitten. Obwohl Tamara und Tom die russische Sprache nicht gelernt hatten, verstanden sie die Bedeutung und schmunzelten. Der einzige, der keine Angst hatte, war Pjotr. Er betrachtete die Menschen im Boot und lachte aus vollem Herzen.

Nach dem Ausflug mit einigen Seekranken fuhren sie zurück zu Pjotrs Datscha. Sofort suchten sie Wladimir. Er war seit gestern Abend nicht zurückgekehrt und Pjotr war sehr beunruhigt. Sollte die russische Mafia dahinterstecken oder Ruiz und Gonzales Wladimir entführt haben um die Bosse freizupressen?

*2 Die Urgeschichte oder Prähistorie ist die Zeit vor 2,6 Millionen Jahren und beginnt mit der Herstellung der ersten Steinwerkzeugen bis zum Auftreten von Schriftzeugnissen.

Kapitel 43

Die Suche nach Wladimir

Tamara versuchte Pjotr zu beruhigen. Ihre große Stärke war auch in schwierigen und gefährlichen Situationen einen kühlen Kopf zu bewahren und den Fall analytisch anzugehen.

Sie sagte zu Pjotr: „Als erstes überprüfen wir Wladimirs Angelplätze."

Nochmal an diesem Tag zogen sie ihre Wanderschuhe an und Pjotr führte sie die Küste entlang zu Wladimirs Lieblingsplätzen. Ein Dutzend hatten sie schon abgegrast und Pjotrs Optimismus war auf null gesunken, als Tamara sagte: „Der nächste ist es, ich bin mir ziemlich sicher!"

„Schön wär's!" seufzte Pjotr.

Schon von weitem sahen sie an dem kleinen Fluss, der ins Meer mündete, ein altes verrissenes Fischernetz liegen. Sie gingen näher heran und zogen es etwas auseinander, da sahen sie Wladimir darunter liegen. Er war ganz unter dem Gewirr des Netzes versteckt. Schlief er oder war er tot? Sehr vorsichtig entwirrten sie das Knäuel, und plötzlich schlug er die Augen auf. Er miaute in dem jämmerlichsten Tonfall, den Pjotr jemals von ihm gehört hatte. Nach wenigen Minuten war er frei, nur eine Kralle seiner rechten Pfote hatte sich im Netz verhakt. Tamara löste sie vorsichtig heraus, Tom hob ihn fest, dass er sich nicht erneut verhakte und Pjotr zog das Netz weg und stopfte es in einen Mülleimer, der in der Nähe stand. Pjotr sagte: „Ich wüsste nur allzu gerne, ob sich Wladimir aus eigener Schuld im Fischernetz eingesperrt hat, oder ob böse Menschen das Netz über ihn geworfen haben."

Dann nahm er ihn auf den Arm, und der Kater schnurrte herzzerreißend. Pjotr sagte: „Hauptsache ist, dass er noch lebt. Ich dachte schon, die Russenmafia beziehungsweise deren Überreste hätten ihn entführt." Tamara und Tom streichelten ihn auch. Kurz darauf war er wieder beruhigt und schnurrte leise weiter. Glücklich liefen sie nach Hause. Wladimir, der heute schon so viel Stress gehabt hatte, wurde abwechselnd von allen Drei getragen.

Tamara bat Pjotr, heute nur ein kleines Vesper zum Abendessen zu machen. Die Aufregung über den verschwundenen Wladimir und der Rückflug übermorgen, lagen ihr und Tom schwer im Magen. Nach dem Abendessen waren alle müde. Dieser Tag hatte ihnen einiges abverlangt. Pjotr meinte, dass sie es verdient hätten, heute etwas früher ins Bett zu gehen und fragte, ob er ihnen noch einen Drink mixen sollte. „Diese russische Spezialität heißt „Russian Caipiranha" und fehlt noch in eurer Sammlung!" sagte er und schon war er unterwegs zur Bar. Er brachte drei Gläser an den Tisch.

Pjotr sagte: „Dieser Drink besteht aus 5 cl des besten Wodkas, einer Limette, zwei- bis drei Teelöffel Rohrzucker, etwas Lime Juice und crushed ice."

Sie stießen auf Wladimirs Rettung an und auf ihr nächstes Wiedersehen. Der zitronige Duft des Drinks war verführerisch, und er schmeckte sehr gut.

„Morgen ist euer letzter Tag", sagte Pjotr. „Wollt ihr noch etwas unternehmen oder lieber zuhause bleiben, die Koffer richten und nochmal ausgiebig im Meer schwimmen?"

Tom antwortete: „Pjotr, du hast uns die unbekannte Seite Russlands gezeigt. Wir hätten nie gedacht, dass es so schön ist und so viele Naturwunder birgt. Wir haben durch dich viele Russen kennenlernen dürfen und konnten dadurch das „westliche Weltbild" korrigieren. Denn die Russen sind weltoffene Menschen, großzügig und humorvoll. Doch morgen würden wir es gerne etwas langsamer angehen lassen und noch einmal ins Schwarze Meer springen!"

Pjotr lachte: „Diese Wahl hätte ich auch getroffen."

Kapitel 44

Der letzte Urlaubstag in Sotschi

Gut ausgeschlafen trafen sie sich am Frühstückstisch im Wohnzimmer. Der Geruch von frisch gebackenen Brötchen, Speckeiern, Fisch und Kaviar duftete aus der Küche. Alle halfen beim Auftragen.

Nach dem Frühstück waren die Koffer schnell gerichtet. Pjotr fuhr mit Wladimir in die Stadt, weil er mit ihm zum Tierarzt wollte. Wladimir hatte die letzte Nacht wie immer unter Pjotrs Bett gelegen und mehrfach schmerzvoll miaut. Pjotr wusste nicht, ob der Kater unter seelischen Qualen litt durch den Tag, als er im Fischernetz gefangen war, oder ob er körperliche Beschwerden hatte. Tamara und Tom gingen an den Strand. Sie schwammen viel, ruhten sich aus und Tamara las wie immer, wenn sie etwas Zeit hatte, Krimis oder ein Katzenbuch. Gegen 17 Uhr gingen sie zurück zu Pjotrs Villa. Pjotr strahlte über das ganze Gesicht. Er berichtete, dass der Tierarzt Wladimir ausführlich untersucht hatte: „Pumperlgsund! Das muss gefeiert werden!" sagte Pjotr. Es ist unser letzter gemeinsamer Abend. Ich habe etwas Besonderes vorbereitet. Kommt um 18 Uhr auf die Terrasse. Pjotr tischte zuerst Borschtsch auf. „Diese rote Suppe", sagte Pjotr, „ist sehr gesund. Ich nehme immer Rote Bete,

Weißkohl, Kartoffeln und Rindfleisch dazu. Danach gibt es Boeuff Stroganoff. Man darf Russland nicht verlassen, ohne diesen Klassiker unter den russischen Fleischgerichten gegessen zu haben. Ich habe dazu das Originalrezept des Grafen Stroganoff aus dem neunzehnten Jahrhundert nachgekocht. Ich habe das Rindfleisch in kleinen Stücken angebraten und in einer Senf-Sahnesoße geschmort. Dazu gibt es Kartoffelbrei und eingelegtes Gemüse." Tamara und Tom waren wirklich begeistert. Tom sagte: „Wären wir Katzen, würden wir uns jetzt das Schnäuzchen putzen und die Pfoten abschlecken. Da hätten wir uns wirklich ein russisches Wunder entgehen lassen. Herzlichen Dank, Pjotr, für alles , was du uns gezeigt und Gutes getan hast. Logis und Verpflegung waren einzigartig und als Fremdenführer würdest du drei von drei Sternen bekommen, wie deine Küche auch."

Um 23 Uhr gingen sie schlafen.

Kapitel 45

Wieder Zuhause!

Pjotr hatte am gestrigen Abend dank seiner Connections die Flüge für die beiden noch etwas optimiert. Sie hatten nun zwei Sitzplätze erster Klasse ohne Warterei im Moskauer Flughafen bis zum Weiterflug nach Frankfurt. Tamara und Tom freuten sich sehr über diese Beschleunigung ihrer Heimreise. Nachdem sie es sich gemeinsam hatten schmecken lassen, schwebten sie im Rolls zum Flughafen und gaben ihr Gepäck auf. Sie setzten sich zu Dritt an die Bar im Wartebereich, und Pjotr orderte drei Russische Kaffee, die üblicherweise aus einer dreiviertel Tasse heißen starken Kaffees oder Mokkas besteht und mit drei cl Wodka, der mit Zucker versetzt ist, angezündet und mit dem Kaffee abgelöscht wird. Dazu kommen Kaffeesahne oder Rahm.

„Mit diesem Getränk ist der Flug deutlich kürzer, denn ab Moskau könnt ihr schlafen!" lachte Pjotr.

Als Tamara und Tom zum Abflug aufgerufen wurden, umarmten sie sich herzlich. Allen war der Trennungsschmerz anzumerken.

Immer wenn Tamara nach einem langen Urlaub nach Hause kam, freute sie sich riesig über ihr schönes Zuhause, die Pflanzen im Haus und im Garten.

Sie tanzte mit Tom in den Wintergarten und machte ihn auf alle Pflanzen aufmerksam, die neue Blüten getrieben hatten. Hier eine prächtige pinkfarbene Orchidee, dort die Königin der Blüten, eine orange-blau gefärbte Vogelblüte der Strelitzie und zarte neue Blätter der riesigen Farnpalme, die noch nicht ausgewachsen waren.

"Endlich können wir mal wieder nachts zum Katzenstammtisch gehen und Max, Beaubu, Ralf, Schnucki, Sokrates und Casanova treffen. Ich bin riesig neugierig, wie es ihnen ergangen ist. Können wir sie nicht gleich heute Nacht besuchen?" fragte Tamara.

„Bist du nach dem langen Flug nicht k.o.?" wollte Tom wissen.

Tamara antwortete: „Genau das Gegenteil! Wir haben dank des „Russischen Kaffees" doch fast nur geschlafen." So ausgeruht war ich die ganze Zeit nicht!"

Tom sagte: „Dann legen wir uns noch zwei Stunden ins Bett und starten kurz nach Mitternacht. Ich freue mich auch sehr darauf, unsere alten Freunde wiederzusehen."

Kurz nach null Uhr erwachten sie. Sie schlichen den Garten entlang, bogen am Tor nach links ab und näherten sich dem nächsten Ort. Beim Anglerheim sahen sie schon von weitem ein fahles Licht aus dem Inneren, das aus Sicherheitsgründen nachts stets an war. Sie hörten auch die Stimmen der Freunde. Tamara sagte: „Jetzt schleichen wir uns ganz leise an. Mal sehen, ob wir sie erschrecken können. Dann ist die Freude uns wiederzusehen sicherlich größer." Tom meinte zweifelnd: „Hoffentlich hast du recht!"

Sie schlichen um die rechte Hauswand und imitierten Hundegebell.

Jetzt kam Leben in die Bude. Schnucki, der Raufbold, machte den größten Katzenbuckel aller Zeiten. Ralf, der beste Mäusefänger, schärfte seine Krallen am Holzfußboden. Casanova versteckte sich hinter einem Baum und wartete ab, wie es weitergehen würde.

Sokrates, der Philosoph, war der einzige, der in einer entspannten Haltung sitzen blieb. Entweder hatte er den Trick durchschaut, oder es konnte ihn dank seiner transzendentalen Meditation nichts aus der Ruhe bringen. So war er der erste, der die beiden Urlauber begrüßte. Auch die anderen sprangen zu ihnen. Es gab ein kräftiges Tam-Tam.

Die Freunde waren auf die Urlaubserlebnisse so neugierig, dass sie bis fünf Uhr in der Frühe von ihren russischen Abenteuern berichten mussten. Dann schlichen alle müde, aber begeistert von dem interessanten Abend nach Hause.

Kapitel 46

Unverhofft kommt oft!

Der alte Rhythmus stellte sich wieder ein. Tagsüber lebten Tamara und Tom als Menschen, nachts als Katzen. Sie fühlten sich dank ihrer vielen Freunde sehr wohl.

Doch eines Abends, es war eine schwarze mondlose Nacht, hörte Tom ein leises knackendes Geräusch. Ein wenig glich es dem Geräusch, wenn Tom auf einen morschen Ast des alten Walnussbaumes trat.

Dann ging alles furchtbar schnell. Glas splitterte im Wintergarten. Die Tür wurde mit einem gewaltigem Fußtritt malträtiert. Die Sprossen brachen und fielen polternd ins Innere. Vier vermummte Gestalten in schwarzer Bekleidung drängten ins Innere. Sie hatten schwarze Motorradmasken auf den Köpfen. Nur schmale Sehschlitze ließen die Augen erkennen. Tamara und Tom, die vor dem Fernseher auf dem Sofa gesessen hatten, waren aufgesprungen. Doch sie hatten keine Zeit mehr zu fliehen. Sogleich waren die bewaffneten Männer vor ihnen. Einer schrie: „Heraus mit der Wahrheit. Wie habt ihr es geschafft, die OMON auf uns zu hetzten?"

Tom antwortete: „Das ist Zufall. Wir haben Pjotr im Spanienurlaub als netten Freund kennengelernt. Wir wussten nicht, dass er Verbindungen zur OMON hat."

Der Vermummte, dessen Stimme sich nach Gonzales anhörte, schrie noch lauter: „Ihr wollt uns nur einen Bären aufbinden! Wie seid ihr überhaupt aus dem Keller herausgekommen?"

Bevor Tom eventuell die Wahrheit erzählen konnte, begann Tamara zu sprechen: „Ich werde euch die volle Wahrheit berichten. Versprecht mir aber vorher, dass ihr uns nicht tötet, wenn ich euch alles erzähle."

Die Vermummten schauten sich an, zuckten mit den Schultern und sagten zum Sprecher: „Versprich, was du willst!"

Tamara wusste, was dies hieß: Einem Verbrecher darfst du niemals vertrauen. Aber das schlaue Mädchen hatte eine ganz andere Strategie. Sie begann lang und breit über den Spanienurlaub zu erzählen. Die Uhr war schon auf 23.55 Uhr gewandert, „Fünf Minuten muss ich noch etwas Interessantes erzählen", dachte Tamara, „dann haben wir es geschafft!" Sie berichtete über den riesigen Goldschatz, der in der „unterirdischen Stadt" auf der Krim versteckt sei.

„Pjotr hat uns in dieses Geheimnis eingeweiht. Es sind Goldbarren in Millionenhöhe, die irgendwo in der unterirdischen Kaserne eingemauert sind." „Wow", sagte Gonzales zu den anderen, „wir sind auf einem Goldschatz gesessen und haben gar nichts davon gewusst. Gut, dass wir die „Plaudertüte" am Leben gelassen haben."

„Raus hier", schrie einer der Bosse, „wir erledigen den Rest!"

Doch in dem Moment passierte etwas Unglaubliches. Das Zimmer wankte, es drehte sich wie in einem Wirbelsturm. Metallisch klingende hochfrequente Töne marterten die Ohren der Verbrecher. Die Luft wurde immer fester, als wäre Nebel im Raum. Die Verbrecher konnten nichts mehr sehen. Sie hielten sich die Ohren zu und kauerten sich auf den Boden. Dort saßen sie minutenlang, bis der Spuk aufhörte. Als die Geräusche nachließen und der Nebel abgezogen war, standen die Verbrecher wieder auf und schauten sich um. „Verdammt, wo sind die Zwei? Haben die den Wirbelsturm oder was es auch war, genutzt um abzuhauen?" Sie durchsuchten das ganze Haus und die Umgebung des Hauses. Aber Tamara und Tom waren weg. Unauffindbar!

Kapitel 47

Zurück zum Anfang

Tamara und Tom wachten gleichzeitig auf. Sie fühlten sich, als hätten sie jahrelang geschlafen. Sie rieben ihre Augen und standen auf.

„Wo sind wir?" fragte Tamara. Tom nahm ihre kleine Hand in seine, und sie gingen einige Schritte. Vor ihnen stand ein Schreibtisch, hinter dem ein Mann saß.

Er sagte: „Ich bin der Türenverwalter. Vor euch seht ihr zwei Türen, wählt ihr die rechte, bleibt ihr in der universellen Welt, nehmt ihr die linke Tür, werdet ihr wiedergeboren. Ihr dürft wählen, ob ihr als Mensch oder Tier wiedergeboren werden wollt. Ihr dürft euch auch einen Berater für diese Entscheidung aussuchen."

Die Zwei schauten sich lange an und schließlich sagte Tamara zu Tom: „Wir sollten Bastet als Beraterin wählen!" Er fragte: „Wie kommst du auf die Göttin der Katzen?"

Sie erwiderte: „Katzen waren in unserem vergangenen Leben stets unsere Freunde und Berater. Wir haben viele Abenteuer mit ihnen erlebt, und sie haben uns aus unzähligen gefährlichen Situationen gerettet. Ihre Göttin wäre die beste Beraterin für diese schwierige Entscheidung!"

Der Türenverwalter ließ Bastet kommen.

Tamara sagte: „Wir haben nach dir verlangt, weil wir im früheren Leben stets mit Katzen zusammen waren. Sie waren immer unsere Freunde."

Bastet erwiderte: „Das weiß ich, mir wurde von einigen meiner Kinder davon berichtet."

Tamara sagte: „Langsam erinnere ich mich daran, dass wir schon einmal vor dir standen. Du hast uns ein wunderbares zweites Leben als Mensch und Katze zugleich geschenkt. Wir haben sehr viele Abenteuer und glückliche Momente erlebt. Nur an eines erinnere ich mich nicht mehr. Wir hatten einen guten Freund, Pjotr, er hatte uns in sein Haus am Schwarzen Meer eingeladen. Sein bester Freund war Wladimir, ein russischer Waldkater, der auch unser bester Freund war, wenn wir in Katzengestalt unterwegs waren. Aber warum wurden wir getrennt?"

Bastet erwiderte: „Tamara, du hast ein außerordentliches gutes Erinnerungsvermögen an dein früheres Leben. Versuche dich auf das zu konzentrieren, was du als letztes erlebt hast. Ich bin sicher, du weißt es noch. Tamara dachte lange nach. Schließlich sagte sie: „Wir wurden zuhause überfallen. Die Verbrecher wollten wissen, wie wir uns in Spanien aus dem Keller befreien konnten, in den sie uns eingesperrt hatten, und warum wir Kontakte zur OMON haben. Sie haben gedroht, uns umzubringen. Damit Tom nichts verrät, habe ich ihnen eine lange Geschichte mit vielen Lügen erzählt. Ich kam mir vor wie Scheherazade in 1001 Nacht."

Bastet bewunderte ihre List: „Durch deine Erzählungen hast du die vier Verbrecher so lange an der Nase herumgeführt, bis der Zeitpunkt der Transformation gekommen ist. Damit hast du dich und Tom gerettet, der sonst eventuell das Geheimnis eurer Verwandlung verraten hätte. Deshalb habe ich euch geholfen und zu mir zurückgeholt."

Tamara seufzte: „Es gab plötzlich eine Art Wirbelsturm, und wir wurden von den Verbrechern getrennt."

Bastet sagte: „Dies war die einzige Möglichkeit, dass ihr eine Chance auf weitere Leben habt. Ich lasse euch jetzt alle Zeit, die ihr zum Überlegen und Entscheiden braucht. Ihr könnt zurückkehren und Pjotr und Sergej helfen, die restliche Bande zu jagen.

Ihr könnt aber auch als Menschen auf die Welt zurückkehren oder in einem der vielen göttlichen Universen

Verwandte und Freunde, sowohl Menschen als auch Tiere aus früheren Leben treffen.

Überlegt es euch gut!"

Nachwort

Liebe Leser,

lange Zeit sind Sie den Abenteuern von Tamara und Tom als Menschen und Katzen gefolgt. Diese Transformation ist sicherlich für einige abenteuerliche Menschen ein reizvoller Traum.

In dem sehr interessanten Forschungsprojekt „Das geheime Leben der Katzen" zeigt sich die schnurrende Schmusekatze des Tages bei Nacht als mörderischer Jäger oder „notorischer Fremdgänger." Nach diesem Bericht im Fernsehen gab es unter den Katzenliebhabern manches enttäuschte Gesicht, als sie erfuhren, dass sie nicht die einzigen Freunde der Katzen sind, sondern speziell die Kater oft mehrere Anlaufstellen bei den Menschen haben, die sie mit Leckereien verwöhnen. Doch das unbeugsame Wesen gehört einfach zu den Katzen. Wem das nicht gefällt, der muss sich einen Hund kaufen.

Am Ende des Krimis „Transformer" kommt für Tamara und Tom eine schwirige Entscheidung. Wie soll ihr Leben weitergehen? Sollen sie das doppelte Leben als Mensch und Katze weiterführen, in der universellen Welt bleiben oder als neue Menschen geboren werden. Die Autorin würde sich freuen, wenn Sie, liebe Leser, ihr schreiben, welcher Weg Ihnen am besten gefallen würde.

Bis ein neuer Katzenkrimi einen von vielen möglichen Wegen beschreibt, dauert es aus Gründen von aufwendigen Recherchen meist eine längere Zeit.

Für die etwas ungeduldigen Leser empfehle ich deshalb mein Buch „Das nächste Leben", ebenfalls erschienen bei Verlag Twentysix. Es beschreibt einen der möglichen Wege.

Auch diese Alternative ist sehr interessant!

Sie selbst, liebe Leser, können durch ihre Mitteilung das Schicksal von Tamara und Tom und „ihren Katzen" beeinflussen und sich die Zeit bis zu den nächsten Abenteuern verkürzen!

Herzlichen Dank!

Danksagung

Allen, die an der Entstehung dieses Buches mit Tat und Rat, mit Witz und Esprit, und mit Lob und Tadel mitgeholfen haben, danke ich von Herzen.

Mit diesem Buch gedenke und danke ich Elio Mattia, dem unvergesslichen Barchef des Best Western Queens Hotel, der meinem Mann, mir und unseren Freunden wunderbare Stunden in der damals besten Bar der Welt, sprich in Karlsruhe, schenkte.

In memoriam
Elio Mattia
26.11.1951 – 13.05.2014

29 Jahre Barchef des Best Western Queens Hotel Karlsruhe

Donnerstag, 25. November 2010

Geschüttelt und nicht gerührt

Elio Mattia mixt seit 25 Jahren Cocktails im Queens

Von unserem Redaktionsmitglied
Patrizia Kaluzny

Es reicht nicht hundert verschiedene Whiskey-Sorten unterscheiden zu können, um ein guter Barkeeper zu sein. „Man muss auch ein Gespür für Menschen mitbringen", sagt Elio Mattia. Das ist aber noch längst nicht alles, wenn man dem Mann zuhört, der gestenreich von seinem Beruf – ach was Beruf, von seiner Leidenschaft schwärmt. „Man muss intelligent sein und ein großes Allgemeinwissen haben – allzeit bereit zu einem Gespräch." Man müsse sich schnell in die verschiedensten Situationen hinein versetzen können. Kreativität sei ebenso gefragt wie großes Fingerspitzengefühl. Ein guter Barkeeper ist zugleich ein Diplomat

auch ein Entertainer. „Die meisten Gäste, die in eine Bar gehen, wollen unterhalten werden", sagt Elio Mattia, der es perfekt beherrscht, Menschen, die alleine am Tresen sitzen, miteinander in Kontakt zu bringen. In Elio's Bar, seinem rund 35 Quadratmeter großen, mit dunklem Holz getäfelten Reich im Best Western Queens Hotel in der Südstadt, hat der Chef de Bar, wie seine korrekte Berufsbezeichnung lautet, schon so manches Paar zusammengebracht. „Als Streitschlichter war ich zum Glück kaum gefragt", sagt er mit einem spitzbübischen Grinsen im Gesicht.

Am morgigen Freitag hat Elio Mattia Geburtstag. Er wird 59. Doch der Mann, der vor über 40 Jahren aus Italien nach Deutschland kam, hat noch mehr Grund zum Feiern: Seit 25 Jahren nimmt er inzwischen den Shaker in Elio's Bar in die Hand und mixt aus Wodka, Gin, Rum und anderen Spirituosen, exotischen Säften und frischen Früchten leckere Cocktails. Drei, vier Jahre – so lange wollte er eigentlich nur bleiben. „Das ist normal in diesem Beruf." Dass es am Ende ein Vierteljahrhundert wird, mag Elio Mattia kaum glauben. „Diese Bar ist mein zweites Zuhause." Das Erste ist dort, wo er mit seiner Frau Edeltraud („eine echte Pfälzerin") lebt, wo Tochter Patrizia aufgewachsen ist.

Die Hotelbesitzer wechselten mehrfach in den 25 Jahren, Elio blieb aber immer der gleiche. Nur sein Schnauzbart ist inzwischen weg. „Das Bärtchen ist zu weiß geworden", meint er augenzwinkernd. Auch ein Barkeeper darf ein bisschen eitel sein. Die ersten zwei, drei „bartlosen" Tage seien komisch gewesen. „Ich trug das Bärtchen schließlich 30 Jahre lang." Irgendwann ist immer Schluss. Für Elios Schnauzbart mag das zutreffen, für seine Arbeit nicht. Er will „noch ein bisschen weitermachen" – so lange wie „der gute Gott mir Gesundheit gibt".

Peter Maffay, Joe Cocker, Heinz Hoenig, Udo Jürgens, Annett Louisan, Helge Schneider, Udo Lattek, Christoph Daum, Paul Breitner und der große Franz Beckenbauer saßen schon in seiner Bar und ließen sich Elio's Cocktails schmecken. Wobei zwei fielen doch aus dem Rahmen. „Peter Maffay und Helge Schneider tranken nur Bier", verrät Elio Mattia. Mehr aber auch nicht, Diskretion ist oberstes Gebot. Dann plaudert er aber doch noch ein wenig – zum Beispiel über das spontane Konzert, das sein Landsmann Zucchero („toller Typ") in der Bar gab. „So etwas kann man nur in einer Hotelbar erleben." Und in einer solchen hat Mattia auch sein Handwerk gelernt. Fünf Jahre lang arbeitete er an der Bar des exklusiven Brenner's Parkhotel in Baden-Baden.

Weitere Bücher von **Kim Walter**, erhältlich bei TWENTYSIX, Amazon und allen Buchhandlungen

Thriller OMON nur noch wenige Exemplare direkt bei der Autorin erhältlich!

OMON Das Auge   Thriller, Teamwork mit Dustin Honester

erschienen 2017 im Verrai-Verlag

ISBN: 978-3946834151, 12,90   als Taschenbuch

„Wer sind Sie und für wen arbeiten Sie?" sind die ersten Worte, die Boris nach seiner Gefangennahme auf einem russischen Schiff hört, nachdem er aus seiner Ohnmacht erwacht.
Igor Petronov alias Boris Barokov antwortet nicht. Er ist ein Top Agent des russischen Geheimdienstes. Sein Weg vom Moskauer Streifenpolizisten zur OMON ist mit vielen Schikanen und lebensgefährlichen Abenteuern verbunden. Doch auch die Liebe kommt nicht zu kurz- .Ein von zahlreichen Persönlichkeiten aus Politik, Sport und Presse geschätztes Buch!

Sonnenwolken Lyrik

erschienen 2016 bei Twentysix
ISBN: 978-3740709259, 5,49 als Kindle Edition,
7,99 als Taschenbuch

Ganz im Sinne Erich Kästners findet sich in diesem Buch eine Sammlung heiterer und bissiger Gedichte mit Witz und Ironie, mit Magie und Poesie, mit und ohne Zähne fletschen, welche mit Humor durch das Jahr führen. Die vier Jahreszeiten werden beschrieben als auch die inzwischen schon absurd anmutenden Anstrengungen für die größten Feste des Jahres. Ein kunterbunter Reigen führt durch das Jahr, dessen Tage fliegen wie die Sitze eines Karussells, das sich viel zu schnell dreht.

Adieu, liebe Mutti   Erinnerungen an ein langes Leben

erschienen 2016 bei Twentysix
ISBN: 978-3740710811, 7,99 als Kindle Edition,
19,99 als gebundene Ausgabe
„Mors certa, hora incerta" - „Der Tod ist gewiss, die Stunde ungewiss."
Matthias Claudius (1740 -1815)
Jeder Mensch geht diesen Weg. Er führt von der Geburt zum Tod. Die Begrenztheit der Lebenszeit macht sie so kostbar.
„Die zwei Gebote Liebe das Leben und denke an den Tod! Tritt, wenn die Stunde da ist, stolz beiseite.
Einmal leben zu müssen heißt unser erstes Gebot.
Nur einmal leben zu dürfen, lautet das zweite."
Erich Kästner (1899 – 1974)

Das nächste Leben   Fantasy – Reality – Science Fiction

erschienen 2017 bei Twentysix
ISBN: 978-3740734602, 4,49   als Kindle Edition,
6,99   als Taschenbuch
Gibt es ein Leben nach dem Tod?
Diese Frage stellt sich jeder mindestens einmal. Die Wissenschaft kann keine Erklärungen bieten. Selbst der Pontifex, der Vertreter Gottes auf Erden, fragt bei Raumfahrern nach, ob sie etwas gesehen hätten, das in höheren Sphären auf Leben hindeutet. Dieses Buch gibt Antworten auf diese Frage. Es ist eine bunte Mischung aus Phantasie, Träumen, Erinnerungen und Ahnungen. Gibt es wirklich den "7. Sinn" und das "2. Gesicht"? In allen alten Mythen der Menschheit gibt es die Wiederauferstehung. Das war in fernen Zeiten ein Credo. Dieser Bericht über das Jenseits ist mit dem Leben der Protagonisten verwoben und lässt Hoffnung aufkommen ...

Donnerwetter — Lyrik mit Geist, Humor und Biss

erschienen 2017 bei Twentysix
ISBN: 978-3740735333, 10,99 als Kindle Edition, 25.- als gebundene Ausgabe
amüsant - bitterböse - charmant - dämonisch - elegant - fein - glücklich - heiter - intelligent - jung - klug - lästerlich - meisterhaft - neugierig - opulent - paradox - qualitätsvoll - rigoros - schelmisch -toll - unglaublich - verrückt - wahr - xerographisch - yohimbin – zärtlich Im neuesten Gedichtband "Donnerwetter" von Kim Walter kriegt jeder sein Fett ab. 365 Gedichte - eines für jeden Tag! Romantik, Humor und Zynismus wechseln sich ab, wie das Wetter eines Jahres. "Bitte nur in Tagesdosen verwenden, sonst werden die Lachmuskeln überstrapaziert", so der gut gemeinte Rat eines Buchkritikers. Ein Aufschwung für die deutsche Lyrik - einfach unglaublich!

KCK   Die Spürnasen Connection

erschienen 2018 bei Twentysix

ISBN: 978-3740743980, 6,99   als Kindle Edition,

9,99   als Taschenbuch

KCK ist ein Detektivbüro, das vorwiegend Fälle aufklärt, bei denen Katzen die Hauptrolle spielen. Aber auch bei Morden und Mordversuchen, illegalen Tierversuchen, Entführungen und dem Auffinden verschwundener Lebewesen oder Gegenstände sind die Hauptakteure Karlos, sein Sohn Carlito und Kim, die Autorin, ein gut eingespieltes Team. Die Katzen begleiten ihre Familien selbst in ihre Urlaube, wo sich rein zufällig wieder Kriminalfälle ergeben. Schauplätze sind das malerische Tessin mit dem schönen Lago Maggiore, die italienische Adria und ihr interessantes Hinterland, die Pfalz und Karlsruhe, die ehemals badische Hauptstadt.

Begleiten Sie die Katzendetektive bei ihren Nachforschungen, die mit Spürsinn und dem spirituellen siebten Sinn verwoben sind.

Neues aus Katzenhausen - Alles für die Katz' und ihre Freunde
erschienen 2018 bei Twentysix ISBN: 978-37407746049, 5,99 als Kindle Edition, 9,99 als Taschenbuch
Dieses Buch bietet Einblicke, was auf Rassekatzenausstellungen, beim Joggen, beim Friseur, bei Faschingsveranstaltungen, Reisen und selbst in den "dunkelsten" Stunden passieren kann, wenn widrige Umstände eine junge Frau zur Pfandleihe gehen lassen. Katzen und Freunde bestimmen in vielen Fällen das Leben der Menschen, die in schwierigen Situationen mit den Samtpfoten in Kontakt kommen. Zufall oder Schicksal? Zur Freude, Erkenntnis und zum Amüsement noch etliche Katzengedichte, -witze, -zitate und -sprichwörter garniert mit eigenen Karikaturen und Zeichnungen. Auch Rekorde, welche einzelne Tiere aufgestellt haben, bleiben nicht unerwähnt. Ein Buch für Katzenfreunde und deren Freunde.
Bei der Lektüre ist sicherlich nicht "Alles für die Katz'!"

Die Reise unseres Lebens

erschienen 2019 bei Twentysix ISBN: 978-3-740752811, 6,99 als Kindle Edition, 13.- als Taschenbuch

Dieses Buch ist eine Offenbarung für Katzenfreunde, Krimifans, Reiseabenteurer und Gourmets. Wunderbare Erlebnisse und Reisen zu den schönsten Landschaften und Städten, zu altehrwürdigen Grandhotels mit mannigfaltigen Genüssen, ob Essen, Getränke oder der angenehmen Atmosphäre in den Zimmern, Suiten oder den Häusern selbst, wechseln sich ab mit gefährlichen Abenteuern. Dr. Jekyll, ein Kater mit Spürsinn und Sprachkenntnissen, begleitet mit Miss Hyde, seiner angebeteten Kätzin, zwei junge Frauen bei der "Reise ihres Lebens." Aus seiner Perspektive berichtet der Kater über die Freuden und Leiden während dieser Zeit, die durch seinen und Miss Hydes Einsatz wesentlich entschärft werden. Mehr als einmal retten sie den Mädchen das Leben. Auch die Liebe kommt nicht zu kurz, sondern im Doppelpack.

Kamikater

erschienen 2019 bei Twentysix ISBN: 978-3-740708917, 6,99 als Kindle Edition, 11.- als Taschenbuch

Auge in Auge mit dem Tod beginnt sein Leben. Während der Verfolgungsjagd seiner Eltern durch die Rotterbande gebärt die Mutter in einer kurzen Verschnaufpause ihren Sohn. Die Feinde rücken näher, die Flucht geht weiter. Blind und voller Angst versteckt sich der Neugeborene im Rinnstein. Der Straßenrand ist sein Blindenstock. Er führt ihn in ein liebevolles Zuhause auf einem Bauernhof. Nach einer kämpferischen Ausbildung stehen Abenteuer, die Bekämpfung von Verbrechen und schließlich die Liebe auf seinem Stundenplan. "Kamikater" - Ein spannender Katzenthriller, der alle Freunde der Samtpfoten mit seinem Nervenkitzel den Atem nimmt. Dustin Honester: Der spannenste Katzen-

Seite 158